中国科幻精品屋系列 ⑯                   金 涛 总策划

# 追捕梦盗

饶忠华 主编

科学普及出版社
·北 京·

**图书在版编目（CIP）数据**

追捕梦盗 / 饶忠华主编 . —北京：科学普及出版社，2018.3
（中国科幻精品屋系列）
ISBN 978-7-110-09309-2

Ⅰ．①追… Ⅱ．①饶… Ⅲ．①科学幻想小说－小说集－中
国－当代 Ⅳ．① I247.7

中国版本图书馆 CIP 数据核字（2016）第 026676 号

| | |
|---|---|
| 策划编辑 | 徐扬科 |
| 责任编辑 | 王晓义 |
| 装帧设计 | 青鸟意讯艺术设计 |
| 插　图 | 范国静　赵连花　郭　芳　刘小匣　刘　正 |
| 责任校对 | 孟华英 |
| 责任印制 | 徐　飞 |

| | |
|---|---|
| 出　版 | 科学普及出版社 |
| 发　行 | 中国科学技术出版社发行部 |
| 地　址 | 北京市海淀区中关村南大街 16 号 |
| 邮　编 | 100081 |
| 发行电话 | 010-63583170 |
| 传　真 | 010-62173081 |
| 网　址 | http://www.cspbooks.com.cn |

| | |
|---|---|
| 开　本 | 710mm×1000mm　1/16 |
| 字　数 | 175 千字 |
| 印　张 | 13 |
| 版　次 | 2018 年 3 月第 1 版 |
| 印　次 | 2018 年 3 月第 1 次印刷 |
| 印　刷 | 北京盛通印刷股份有限公司 |

| | |
|---|---|
| 书　号 | ISBN 978-7-110-09309-2/I・451 |
| 定　价 | 35.00 元 |

（凡购买本社图书，如有缺页、倒页、脱页者，本社发行部负责调换）

# 序

世界上有很多人会做奇怪的梦，他们的梦又奇妙，又好玩。

在梦中，他们乘坐宇宙飞船，冲出大气层，飞上月球，飞向遥远的星座，甚至在银河的小行星上盖了房子，建了许多工厂和雄伟的城市。但是他们很快遇到了麻烦，宇宙大爆炸的冲击波毁灭了他们的家园，于是劫后的幸存者驾着飞船，成为孤独的漂泊者。

在梦中，他们像鱼儿一样潜入海洋，在深深的海底开采矿床，建造海底城市，也建成了海军基地和强大的舰队。正当他们雄心勃勃地扩张地盘、争夺海底富饶的钻石矿时，一场可怕的大地震爆发了，于是山崩地裂，海水沸腾，谁能逃过这场浩劫呢？

在梦中，他们进入了很深的地底下，居然发现地球内部还有一个世外"桃花源"，芳草鲜美，落英缤纷。那里的人像袋鼠一样跳跃走路，住在黑暗的洞穴里，有嘴却不会说话，只能用双手比画几下进行对话，如同人类聋哑人的"手语"，据说这是在地层高压下长期进化的结果。遗传学家考察后发现，这些地底下的聋哑人竟然和我们有相同的基因。

在梦中，机器人部队排成战列，每个机器人士兵都拿着激光枪和锋利的光子匕首，向着古老的城堡发起进攻，那是外星人盘踞的城堡，他们也不甘示弱，从城堡的枪眼里喷出的高温毒液，形成一片炽热的火海……

当然，还有很多梦，既稀奇又令人兴奋。比如：许多可怕的至今无法治愈的疾病，终于找到了特效药；分子型的微型机器人医生从血管、从食道进入人体的内脏，清除病灶、消灭隐患，创造了一个个生命奇迹。

还有很多很多，都是科学技术的新发明带来的惊人变化、创造的一个个人间奇迹，不用一一列举了。

这些梦，看似异想天开、玄妙荒诞，却也令人震撼、趣味无穷，它们写成小说就是科学幻想小说（也称科学小说），拍成电影就是脍炙人口的科幻电影。我相信，这是你们最喜欢的。

摆在你们面前的这部"中国科幻精品屋系列"，就是我国100多年来科幻小说的集中展示.它是由几代科幻作家，在不同历史时期，伴随科学技术的进步而创作的，也从一个层面反映了科幻小说家对于科学技术发明的殷切期望和美好向往。这里面多是描写科学技术的进步给人类带来的福祉，也有对科学技术成果滥用的忧虑。

这套书有一个很突出的特点：2000多篇作品，2000多个故事，时间跨度100多年，是按时间顺序编排的。阿拉伯文学中的经典作品叫作《一千零一夜》，这套"中国科幻精品屋系列"可以称作中国科幻的"一千零一夜"了。

这种分类方法一个很突出的特点，是可以很清晰地看到，中国科幻小说的题材与现当代科学技术的发明和传播相互之间密不可分的关系。这也说明，科幻小说尽管是幻想的文学，但它仍然植根于现实的大地之上。

我还想再补充一点，阅读科幻小说（以及看科幻电影），最大的收获不仅仅是长知识，而是增强你的想象力，这是训练一个人创造力的重要途径。"想象力比知识更重要"，这个观念已经被无数事实证明是有道理的。这方面的体验，只有通过阅读，不间断的、广泛的阅读，才能领会。

最后，我要感谢丛书主编饶忠华兄，并且特别感谢多年来支持丛书出版的科学普及出版社以及为此付出辛勤劳动的编辑们。

金涛

2017年10月20日

# 目 录

## 致作者

　　1997 年起此套丛书在我社陆续出版，由于年代久远，有些文章作者的署名及联络方式已无从查考，故烦请相关作者与我们联系，我们将妥善解决署名及稿费事宜。

# 三心岛揭秘

## 陈　彤

托德船长习惯地拿起望远镜在海面上搜索，突然发现远处一艘渔船在波涛中剧烈地晃动之下翻入了海里。托德不顾恶劣的海面状况，冒险救起了3个渔民。令人惊奇的是，他们竟是孪生兄弟，穿着同样的灰色衣服。经了解才知道他们来自附近的三心岛——一个几乎与世隔绝的神秘小岛。

　　托德用快艇把3人送到了岛上，一个穿T恤衫的监工非常冷淡地接收了他们，3人战战兢兢地走进穿着灰衣服的人群。托德要求进岛参观却遭到了拒绝。无可奈何之下，托德只得绕道把小艇停靠在巨大的岩石边，偷偷地溜进了小岛。

　　小岛上的一切使托德甚为诧异，更使他惊奇的是，他发现这里的人几乎都是一模一样。原来他们并不是通过父母双亲的胎生，而是像孵小鸡一样，孵育出许多胚胎，然后成为一群孪生人，这太可怕了。这在世界上是明令禁止的，纯粹是为了制造廉价的劳动力。

　　在育婴堂里，托德看到一群婴儿在房间里正高兴地玩着。突然，屋里出现了带有强烈刺激的恐怖声，有爆炸声、嘶喊声，吓得婴儿们大叫大哭，他们的脸庞也因恐怖而扭曲变形……

　　托德震惊地看到了这灭绝人性的一幕，他终于明白那穿灰衣服的人群是怎么一步步"训练"到那样顺从麻木的地步。他感到一阵恶心，再也不忍看下去了。

　　托德带着愤怒的心情离开了那神秘的小岛。

　　当托德把这里的所见所闻公之于世时，整个世界也为之震惊。联合国蓝色和平部队迅速收复了这个岛，抓住了那些惨无人道的"野兽"。为首的是一个叫麦当的老头，他原先是医学博士，由于追求糜烂的生活方式和满足自己变态心理需求，几十年前，纠集一伙同党，来到这个孤岛，建起了麦当王国。麦当由于民愤极大，被判处绞刑。他的王国再也不会存在了……

《最新儿童科幻故事60篇》，河北科学技术出版社，
1995年8月，李新改编

# 探索黑洞

### 陈　彤

　　太空Ⅱ号航天飞机以宇宙速度向黑洞飞去。黑洞是个特殊的天体，对它的探索十分艰难和危险。

　　航天飞机很快接近了黑洞，探测器顺利发射了出去，但航天机内的控制系统显示它发生了故障。机长贝克决定冒险去太空修理探测器。他带着工具和话机走出机舱向探测器飞去，终于抓住了探测器并艰难地找出了故障，话机那边传出了兴奋的"一切正常"的叫喊声。可正当贝克转回身时，突然脚下有一股巨大的引力，将他的整个身子吸了进去。大约半小时之后，他进入了黑洞的核心，那里是一个神奇的境界……

　　贝克失踪后，他妻子珍妮悲痛欲绝，于是她带着儿子回到位于奥比多斯火山脚下的维拉小镇，这是贝克和珍妮的故乡。4年过去了，珍妮的生活也日趋平静。这天晚上，劳累了一天的珍妮已早早入睡，突然耳边听到低沉的声音："珍妮!我是贝克，请不要怕，4年前我掉入黑洞来到w星，他们把我改造成w星人，派我来地球执行任务。今天，我来主要是告诉你奥比多斯火山20天后就要喷发了，你们必须赶快离开，但不要把我的情况说出去。"说完，外星人很快消失在夜幕中。

　　第二天，镇上的居民们纷纷传说来了飞碟。珍妮把火山即将喷发的消息告诉了有关地质部门和研究单位，但他们都认为那是无稽之谈，神经过敏，甚至还警告珍妮不要散布谣言，扰乱居民正常的生活秩序。珍妮最终凭直觉带着孩子离开了小镇。

　　几天后，珍妮在外地从新闻报道中得知奥比多斯火山"意外"爆发，维拉镇的居民全部遭劫。她不知道当时的感觉是吃惊，还是悲哀……

《最新儿童科幻故事60篇》，河北科学技术出版社，

1995年8月，李新改编

# 地球爆炸

### 陈　彤

故事发生在上千万年前的地球。

那时的地球存在着发达得现在都难以想象的文明。微电子世纪、生物世纪都已属于过时的年代。简单地说，那时人类已开始移居到月球、火星上，而这一移居工程的巨大、技术要求之复杂都是我们现在科技所远远达不到的。

移居工程的起因是地球人口的恶性膨胀。人的出生已开始借助于单细胞和试管。由于医疗保健水平迅猛发展，许多疑难杂症的治疗已轻而易举，人类的寿命大为延长。于是，地球也就成了人口爆炸的地球了。200亿双眼睛注视着这个不大的世界，而且每年还在增长，于是人们向天空和海底要生存空间。然而，即使这样也无法满足人口爆炸后所需的生存空间。

人口增长已造成一部分地区出现饥荒、瘟疫；另外一部分地区则出现小规模的掠夺资源、土地的战争。在一些地区，出现土地价格一涨再涨，造价一再提高，买房成为一种奢求，邻里间为了住地面积而大打大闹。人们不再想买汽车，这是因为交不起名目繁多的养路费、停车费等。街道、商店拥挤不堪，打架斗殴时有发生。总之，社会一片混乱。

人的数量在增加，动物数量在减少，生态严重失去平衡，某些动物的灭绝正预示着人类将发生什么可怕的事情。

一些有识之士开始提醒世人的举动有可能给人类带来灾难：战争、污染、无节制的人口增长等，并告诉人们，地球有它的极限。但人们的狂热似乎已超出了这个极限。拥挤的世界造就了大批战争狂人，他们建议用战争来控制人口。起先是地区性战争，使用的是常规武器，随后，则是参战国越来越多，使用了化学武器、生物武器、核武器……

所有参加战争的人都遭到了灭顶之灾。战争夺去了近一半人的生命。随后是恶劣的核冬天，终日不再有阳光，整个地球成了一个大冰柜，所有设施遭到破坏，核辐射、核污染遍及各个角落……地球上的人、动物、植物及各种生命几乎全部灭绝。从此，喧闹的地球变得寂静无声，相当长的时间不再有生物，不再有文明。

不知过了多少时间，阳光再次照进地球，一些简单、低等的生物再次复苏。氧气多了，空气变得新鲜了，又经过很长的时间，出现了恐龙，再往后出现了猿人……

据说，世界万事万物都有个轮回……

《最新儿童科幻故事60篇》，河北科学技术出版社，
1995年8月，李新改编

# 超级鼠

## 陈　彤

杰西和玛丽是从肯德农场实验室里偷偷跑出来的两只超级老鼠。农场想为人们提供更多的肉、蛋、奶，设法让鸡长得像羊、羊长得像牛那样大，为此先在老鼠身上做了试验。人们在老鼠的食物里加了激素和快速生长剂，他们成功了，杰西和玛丽就成了体大如猫的超级老鼠。

杰西和玛丽从农场溜到了约翰逊家。他们偷吃了冰箱、食品柜里的食物，弄得满地都是吃剩的残渣，把屋子也搞得乱七八糟，面对这两只大老鼠，老猫迈克束手无策。约翰逊回家看到面前的一切，怒火万丈。尽管迈克讲了两只老鼠是如何厉害，主人还是不能

原谅迈克，并抄起扫帚追打它，它只能到处躲藏。就在约翰逊筋疲力尽时，忽然，从收音机里传出一则新闻："肯德农场逃跑两只体大如猫的老鼠，危害很大，望发现者速来领取缩微药，此药可迅速将他们缩小，以便用捕鼠器捕捉。"

约翰逊很快从农场取回了缩微药，偷偷放在了鲜美汤内，并把汤放进了冰箱。他一边想着老鼠服后的情景，一边也反思自己前些日子错怪了老猫。当老猫迈克从梦里醒来时，觉得肚子饿了，于是习惯地去打开冰箱偷吃了鲜美汤。顿时，迈克感到自己立即由大变小，他后悔了，于是只得去找杰西。杰西见状直笑得前仰后合，真是本末倒置——大猫变得像小老鼠。不过他俩还够朋友，马上冒险去农场偷回了快速生长剂。几天后，迈克恢复了原形，但他已经没脸再回到主人家了，只好跟着杰西他们四处流浪。

又几天后，约翰逊从电台里听到了那两只老鼠被捉住的消息，据说同时被捉的还有一只猫。电台没有说是怎么捉住的，也许是他们变小后被捉的，也许人们又发明了什么新型的东西。

《最新儿童科幻故事60篇》，河北科学技术出版社，
1995年8月，李新政改编

# 预测机拉比

## 陈　彤

志浩从书包内掏出路边捡到的那个神秘的小东西，有点像计算器。志浩随便按了个键，忽然，传出一个柔和的声音："我是Y星人丢在地球上的预测机拉比，我不仅会听、会说，还能预测未来。"志浩听后高兴极了。不过拉比还是警告志浩，决不能以此去骗人或做不应该做的事情，否则就会自动停机。

一次，志浩告诉妈妈，他的一张奖券将得三等奖，妈妈不信。可几天后摇奖，他果真得了三等奖。从此，志浩到处给人预测、算卦，哪个同学哪天会得病……他都测准了，于是，他受到老师和同学的宠爱，大家都夸他是神童。

志浩开始飘飘然，甚至忘记了拉比的忠告。他想让拉比在考试前预测考试题，拉比不同意。志浩只好匆忙备考，结果有一门不及格。可是事隔不久，志浩又忘了拉比的忠告，想让拉比帮同学胖子预测他喜欢的女孩子是否也会喜欢他。结果拉比告诉他，从小要好

好学习，长大了才能考虑这些事情，就这样志浩再次受到了黄牌警告。

这天，志浩一觉醒来，忽然产生一个念头，他要骗周围的人一次，就像"狼来了"的故事一样。于是，他把"这几天有地震"的消息传了出去，人们信以为真，惊慌做着准备工作，白天不去上班，晚上不敢睡觉，弄得人心惶惶，连志浩的父母也做起了准备工作。志浩看着又好笑，又不忍心父母被折腾，终于把事情的真相告诉了父母。父母耐心对他进行了教育并及时向社会澄清了事实。然而，谣言已经给社会造成了一定的危害。志浩也险些为此被学校除名。

拉比再也不会回答志浩的问题了，因为他违反了诺言。

志浩这才真正意识到问题的严重性，但后悔已为时过晚。从此，他发誓要做个诚实的孩子，努力学习，长大了也要发明像拉比那样的机器为地球人类造福。

《最新儿童科幻故事60篇》，河北科学技术出版社，
1995年8月，李新改编

# 岛崎家的一天

### 陈 彤

闹铃声弄醒了美子，时针指在7时30分，她迅速穿上衣服，下楼来到厨房，熟练地扭开了全自动咖啡器的按钮，然后去浴室洗了澡，并用真空振动按摩器往身上和肩上贴了一会儿，顿时觉得舒服了许多。在客厅里，她用电话叫儿子和丈夫起床，与此同时启动了清扫机器人让它清除垃圾尘土，又将脏衣服、床单等放入全自动洗衣机。由于准备出门，她打开了防火传感器和防盗报警器。这一切

做完后，她和家人一起用早餐。几个人边说边谈，吃完后，把餐具清洗工作交给全自动洗碗机。

一家人换好衣服后，岛崎驾驶着太阳能小汽车去科幻宫参观。将近中午12点，他们回到了家中。他们家的大门装上了"自动化语言系统"，大门的开闭是根据主人的语言和声调，非常安全可靠。

回家后，大人们就躺在按摩椅上，享受被击打着穴位和肌肉的快感。与此同时，儿子浩介到洗衣房把洗好的衣服收进了柜子。当然，衣服不仅熨得平平整整，而且还被叠得整整齐齐，这一切全由自动洗衣机包办的。

　　10分钟后，岛崎一家走进厨房，美食机器人已经为他们配置了美味可口的、营养丰富的午餐。接着激光音响自动开启，柔和的音乐响起，他们边欣赏音乐边用午餐。

　　下午，岛崎夫妇出门去会见一个老朋友。浩介由于买了两盘科幻录像带，便迫不及待地钻进并不很大的冥想机器人内。它是一个心情转换仓，仓内可放映让人置身于美妙或恐怖中的电影，还设有氧气发生器和呼吸起搏器等，可以调节你的心情。仓内的躺椅可自己调整角度位置，房间的光线亮暗也可调节，总之，可享受到一种无与伦比的现场感和真实感。浩介沉醉于科幻世界中，以致4点岛崎夫妇回来时，他也全然不知。

　　岛崎拨通了可视对讲机电话，告诉父亲他晚点过去。待岛崎一家到爷爷家时已经是下午5点多了。晚饭后稍玩了片刻，回到家已是9点多了。太阳能小汽车晚间也能穿梭于大道上，因为它储存了足够的能量。

　　由于岛崎要为第二天上午的一个会议准备报告，所以这一家的灯一直亮到夜里11点多才熄灭……

《最新儿童科幻故事60篇》，河北科学技术出版社，
1995年8月，李新改编

# 时间推进器

### 陈　彤

　　10岁的旭晨偶然得到时间推进器的时候，简直欣喜若狂。这样，他就可以遨游未来了。不过使用时有个条件：在未来地球上待一天，就等于现在的一年。暑期到了，旭晨算了算，不会误了开学的时间，便按下时间推进器的前进键。

　　旭晨坐上了"探索1号"宇宙飞船，飞船正急速飞向火星。船上装有"宇宙绿洲"的生态循环系统，系统把从宇宙中得到太阳光转换成飞船用的电能和补充人体消耗的各种能量。所以，它完全是一艘最新型的宇宙飞船。转眼间，他抵达了火星。旭晨沿着街道往前走，发现这里的商店、住房、卫生所都很简单，许多生产和生活活动都靠计算机控制。

　　旭晨来到一家植物栽培工厂。这家工厂打破了耕作离不开土地的传统，采用"水耕法"。即用人工固定架使植物在特定的营养液里生长，每年可收获7次西红柿、4次黄瓜，稻谷栽培9天即可收获。工厂从植物育苗、分栽、移植、调整株行距，到收获、成品检验和包装的整个过程的每个环节均由计算机监测、调节和管理。整个过程令旭晨看得眼花缭乱，他只觉得与书本上学到的相比，参观的收获大多了。旭晨暗暗总结着，按了时间推进器的返回键。

　　旭晨惊呆了，当他返回他所生活的时空时，骤然间周围一切都变了，他已成了老人，只见时间推进器上显示着旭晨现年71岁。旭晨不甘心眼前的处境，心想不是有长生不老药吗？我要去未来寻找它。

　　旭晨把时间推进到几百年后，到了一所现代化的医院。热情的医生给他做了全面体检，彻底治好了他的老年病症，整了容、矫正了驼背，并告诉他能再活100年左右，嘱他抓紧时间学门技术，为社会做点贡献，别再找长生不老药了。

　　旭晨紧握住医生的手，把时间推进器交给了医生，"我一定照你说的去做。"说完，按了返回键，把时间推进器永远地留给了未来……

　　　　《最新儿童科幻故事60篇》，河北科学技术出版社，
　　　　　　　　　　　　　　　　　1995年8月，李新改编

# 大脑感应镜

**陈 彤**

　　强子的父母常常为一些鸡毛蒜皮的小事吵得不亦乐乎，其实有时互相通融一下也就没事了。强子对此很厌烦。

　　一天，强子在路上走着，无意中踢到一个眼镜盒，打开一看是副眼镜，还夹着一张说明书，上面写着：大脑感应镜有两个功能：①度数可自动调节适用于近视眼、远视眼……②戴上后可将自己的脑信息和想法，传给所想要传的人并变为对方的想法。

　　强子觉得这眼镜很神奇，决定回家先在父母那里试试。到了家，一看父母的脸色，就知道他俩又吵架了。于是，强子戴上大脑感应镜，来到爸爸跟前，脑子里想着妈妈如何好，忙于料理家务，很是辛苦。说也奇怪，爸爸像是得到暗示，忽然坐了起来，嘴中轻声说着，你妈妈这人其实是不错的。强子一见就知道是大脑感应镜起了作用，于是，转身到了妈妈身边如法炮制。结果在她脑子里丈夫又变成了一个了不起的形象，妈妈破涕为笑。3人高兴地围着桌子吃起了晚餐。

　　这天，强子得知小刚的父母望子成龙心切，经常因小刚考试成绩不好而对他打骂训斥。小刚心理负担很重，越想考好，越考不好，情绪很坏。强子是小刚的好朋友，想到如今自己有了大脑感应镜，应该给他帮忙。强子跟小刚来到了他家，他们按事先商定好的，没有把考试成绩告诉父母，待强子觉得他已经感应了对方时才暗示给小刚。小刚胆怯地把成绩告诉了父母，出乎意料，父母不但没有责备他而且夸他诚实，鼓励他放下包袱，以后考好。几句话使小刚感到无比温暖和亲切，激动得差点流出了眼泪。这以后，强子又做了件好事，使小偷主动把钱包还给了主人，并使小偷深感惭愧，表示以后再也不偷东西了。

　　强子很喜欢班上一个漂亮的女孩小丽，可她对强子好像没好感。于是，强子去找小丽，小丽原来要做作业，可突然改口愿意和强子去玩游戏机，打羽毛球……他俩玩得可高兴呢!强子趁机问小丽对他印象好不好，小丽回答："当然好啦，你活泼，乐于助人，只是你戴上眼镜，多别扭呀! 做事也很不方便，让我爸爸给你扎针灸，很快就会好的。"

　　强子听了高兴极了，心想只要小丽同意和自己玩，今后再也不戴大脑感应镜了。于是，他把大脑感应镜藏了起来，留到以后应急用。

《最新儿童科幻故事60篇》，河北科学技术出版社，

1995年8月，李新改编

# 恐怖笼罩A城

### 陈 彤

3002年的A城。现在已是夜深人静，突然狂风大作，从闪光中掉下一个裸体男人。他不慌不忙挪动着脚步来到一个时装店前，毫不犹豫地用拳击碎了橱窗玻璃，把模特的一身服装穿在了自己的身上。又不知他从哪里弄来支无声手枪，此后，在A城就接连地发生了凶杀案。遭杀害的都是名为阿尔法的人。于是，全城叫阿尔法的人都恐慌万分，连在国外参加国际研讨会的阿尔法教授也受到了惊吓，因为他很快就要回A城了。警方在全市发出了通缉令，并在机场周围加强了警戒保护。

教授在警方的护送下出了机场正要上车，忽然一辆轿车急速驶来。警察边命令教授趴下边掏出手枪向罪犯射击，可奇怪的是罪犯的衣服虽然排满了弹孔，却没倒下。罪犯举起了机关枪一通扫射，十几名警察应声倒地。正当罪犯向教授逼近时，忽然，一辆汽车急驶而来，将教授拽进车内急驶而去。在车内，教授才知救他的人是从未来回来的超人，他就是教授所研究的基因转移的结果。那超人说："40年以后将会有外星人来侵略我们，但我们研制出一种武器，有效地击退了他们。他们听说研究出这种武器的是我们超人，并说超人是由A城的阿尔法教授研究出来的，他们为剪除后患，便派了个机器人来这里干掉你。"

教授恍然大悟，原来超人是来救他的。而后，教授很焦急地问："那么怎样去对付机器人呢？"超人说："对付机器人的办法是用超高压烧毁它的电路，使它失灵。当然，必须把它骗离人群到可以施以高压的地方。"于是，超人把教授送到了一个安全的地方，让他不要露面，并耐心等待。教授终于从广播里听到制服机器人的消息，并称在这一事件中是一名陌生男子起了重大作用，这名男子不肯透露姓名，却说了阿尔法教授的藏身地址。在大家争着拍照机器人罪犯时，这名男子却莫名其妙地失踪了。

《最新儿童科幻故事60篇》，河北科学技术出版社，
1995年8月，李新改编

# 豆豆变成了猴子

### 陈一水

"变成小猴子才好呢，可以不用上学、写作业了。"豆豆去公园玩，看到蹦蹦跳跳的小猴，心里想着。他对带他去公园的爷爷说了自己的心里话。

爷爷是位研究生物物种异化工程的博士、老教授，常年在外地工作。这次回家见到豆豆娇生惯养，什么事都让奶奶包办，爷爷决定让他锻炼一番。于是，他同意把豆豆变成猴子。

爷爷给豆豆动了手术。豆豆发现自己已经说不出话了，吵着找爷爷，碰倒了热水瓶，把屁股烫得又红又痛。爷爷在他屁股上抹上冷敷膏，头也不回地走出去了。

做完手术后，豆豆把头上的纱布抓掉，发现自己已经在猴山了。猴子们都成群欺生，他只得躲在角落里。他想喝水，水太脏，可不喝又渴得不行；他的肚子过去从来不知道饿，现在总想吃东

西，却只有糠皮窝头块；也没人给豆豆洗脸、洗澡。他心里烦，背上痒，但没人关心他，可怜极了。

星期天，许多小朋友来公园玩。他们有的给豆豆吃糖，有的顽皮孩子却用石块扔他，用唾沫吐他。一个女孩儿要妈妈抱，妈妈说："这么懒，当心变成小猴子。"豆豆听了受到启发，明白不能再依赖别人了。他开始学着自己洗澡，做好卫生；修补水池；还帮助其他小猴治疗身上的疮。他改变了睡懒觉的习惯，早上起来围着猴山跑步。慢慢地，肌肉长丰满了，他的皮肤不再皱巴巴了，明显地与其他小猴子有了区别。这天管理员老伯伯看到他，以为这只猴子病了，连忙用小车送他到医院。医院的叔叔认出了豆豆。他们把豆豆送进一个装有红色液体的池子里，让他清洗，杀菌消毒。液体里有高效激素复合剂，能溶去皮肤色素和毛皮发根。洗了两次，豆豆爬出池子，对着镜子一照，他又变成了白白胖胖的豆豆。

豆豆向爷爷保证，再不做"小皇帝"了。他还建议爷爷让每个小孩都变一次小猴子。爷爷说："叫爸爸把你的事情写下来，让小朋友看看，不是一样吗？"

《黑色的幻想》，安徽教育出版社，
1995年1月，周肖改编

# 外星人来犯——2001

### 迟 方

"益智"处理品小商店经理李二专门到各个电子工厂和计算机公司收罗残次废件与积压物品，然后再分类整理后廉价出售。

一天，中学生杨飞和吴行同学经过"益智"商店时，李二叫住这两位老主顾说："最近从104厂搞来了大批ZDZ组件，你们可得

帮我开发开发。"杨飞同意后，和吴行一道用自行车驮着零件回家了。

杨飞和吴行很有兴趣地摆弄着这些零件，里面有足球似的脑袋，蜻蜓似的复眼，还有三只单眼以及长短不一的棒状胳膊。不一会儿，他们组装成了ZDZ机器人。突然，机器人的身体下面伸出10条细长的腿，在屋里爬动起来，向墙上的电源插座插进"手指"。

吴行惊叫："跑了，ZDZ溜进阿姨的房间了！"

杨飞妈妈朱倩是位科幻小说作家，目前在撰写《外星人来犯——2001》，计算机屏幕上有文章小标题"变形军团调兵遣将，外星敌寇受阻四关"。ZDZ却伸手插进了计算机联网接口，这时屏幕却显示"指令向ZDZ转存完毕"的字句，而后ZDZ向李二的仓库爬去。

李二商店的仓库可翻了天，小零件一个个都"活"起来了，有的还自行组合成奇形怪状的玩意儿。这些大大小小的机器人在长腿ZDZ带领下向大街、向杨飞家走去。

带头的ZDZ走到朱倩的计算机旁，把长手又一次插入联网接口，屏幕即显出"军团集结完毕，随时待命开往西关"。

朱倩着急地喊："我这一节故事还没编完啊！西关战役还没打呢！"

杨飞兴奋起来："我知道了！这些机器人就是按照你故事里的情节集合起来的！它们把你编的故事当真事啦！"

杨飞的爸爸杨大龙这时赶了回来，他说："我接到电话后与104厂联系，才知道这些单元组合式机器人的CPU都已传染了计算机病毒，它又使家里的计算机患了病。"说完，他取出一张激光盘，插进驱动器，进入了消毒程序。计算机解毒后，机器人都乖乖地整队随李二而去，把长腿ZDZ留给了杨飞。

事后，ZDZ处理品在孩子们中间大为吃香。据说《爱科学》杂志与104厂联合举办了ZDZ科技活动和科技夏令营，还有消息说玩具商们正埋头于新产品的秘密开发研究。

《银色的幻想》，安徽教育出版社，
1995年1月，邵俊平改编

# 电子蛋和它的妈妈

## 迟 方

何迅是生物小组的成员。暑假中，王老师带领他们到"海屯自然保护区"考察鸟类孵化小鸟的规律。他们仿照绿头鸭、大天鹅、斑头雁等鸟蛋的模样，研制了可以自动提供温度、湿度、声音、方位等参数的电子蛋。乘大鸟离巢觅食的机会偷偷放进鸟巢内，然后由设在帐篷里的接收机接收电子蛋侦察到的情况。此刻，何迅是值班员，他每15分钟按动一次仪器开关，检查工作情况。

突然，何迅听到大天鹅窝里的电子蛋传回信息中有"嗡嗡"声。他连忙打开数字式频率计，并取出昆虫手册对照，发现振动速度为每秒115次，与山蜂或黄蜂挥动翅膀的速度相同。生物小组的同学都觉得这事儿奇怪。王老师决定带领何迅和罗梅去湖边土岗上直接观察。他们从高处用望远镜观察到几十米外的天鹅窝里，母天鹅正在窝里，边上公天鹅伸长脖子不时用头拨动母天鹅，而母天鹅只是机械地摆动着脑袋。何迅知道，天鹅都是成双成对在一起的，下蛋后，公、母天鹅轮流孵蛋，由于蛋的上部和下部温度相差6～8摄氏度，所以它们总是不停地把蛋翻动，一直等到小天鹅出世。过去有人搞人工孵化野鸟蛋，因为不了解这些情况所以成活率很低。可是让王老师他们奇怪的是，母天鹅为什么不起来，又不翻蛋呢？

　　正在这时，一个晒得黑黑的姑娘出现在他们面前，才解开了这个谜。原来姑娘叫刘燕，是海屯中学科研小组成员。前不久，一对大天鹅在这里造了窝，一共生了5个蛋，可是有一天来了个偷猎的人，打死了母天鹅。科研小组从书上了解到，天鹅一旦死了一只，另一只就在旁边守着，久久地发出哀鸣。幸亏事情发现得早，偷猎的人被抓住，没收了死天鹅，科研组立刻制成电子母天鹅，帮助公天鹅孵蛋。今天科研小组在操作电子鹅时，意外发现了电子信号，所以立刻赶过来查看。

　　王老师他们对偷猎人的行为感到憎恶，也对海屯中学科研小组的积极行动表示钦佩。他们也将自己的考察野生鸟类孵化活动的情况和刘燕进行了交流。刘燕说："我听说有个国家的动物园就使用电子动物充数，因为世界上已经有许多珍奇的鸟兽绝种了。"

　　"你们这儿的环境太美了。"王老师说，"我已经和你们学校的辅导员联系好了，咱们两个学校联合起来，共同研究生物，保护好野生动物。"

　　"我们不是已经联合起来了吗？"罗梅挽着刘燕的手哈哈笑着说。

《中国科幻小说卷》，广西师范大学出版社，
1995年10月，卜方明改编

# 寂寞长天

## 村 砚

机器人欣欣向我报告："程欣和她的老师李教授来访。"我请他们进来。程欣是星际研究所的助理研究员，是位美丽的姑娘，昨天我曾帮过她一个忙，也早已被她的风姿迷住了。

程、李二人进来，李教授说："我所举办的'23世纪末宿星展'的一件最重要的展品——能量仪失窃了，我们认为是杜笛偷走的。"宿星是太南系的第四颗行星，是地球在宇宙中最近的邻居。星际研究所举办的这个展览展出了宿星提供的一个能量仪，是宿星最先进的科技成果，它能调节整个星球的环保控制网。宿星一共才制造出八只能量仪。

杜笛是我的导师和长辈，几十年来一直在零星上工作，偶尔回地球一次。我说："杜教授不可能做这种事！"李教授让我看了展厅环视网板的录像，的确是杜教授，他到过展厅。

程欣说，如找不到能量仪，宿星会向地球开战，所以一定得把它找回来。她和李教授等准备去零星找杜笛。我一阵战栗，杜教授不可能让他们上零星，他们会在零星上空化作飞灰。为了我暗恋着的程欣，我同意陪程欣一人到零星去。谁知，这下正中了他们的圈套。

乘着"组织"号飞船，经过70小时的航行，零星开始在屏幕上出现。在接近零星500千米处，监控器响了起来，零星在警告来犯者。我赶紧发出了信号，屏幕上出现了杜教授："小卫，是你呀。好，到3号舱降落。"

降落后，一个机器人将我们带到生活区休息，说40分钟后杜教授才能见我们。零星是颗直径653千米的小星，地表全部经人工

改造，那里只有杜教授和悠然阿姨两个人。我拉着程欣的手参观零星，突然她手腕上的表闪着光芒："这表是能量探测仪，它已探测到能量仪发出的波长。"我忙说："这里是有一只能量仪，零星上所有的能量都来自它，它在此已有29年了。"

我们继续前行，程欣的表又亮了。"这里还有一只能量仪！"她循着信号找去，在监测中心又找到一只能量仪。程欣试图打开防护网，把它取出来。"你拿不出它的，小姑娘，打开那防护网你会受到伤害。"我回头一看，是悠然阿姨。程欣说："杜教授偷了我们的东西，我要拿走。""我们不会取不是我们的东西。你很累了，去休息吧！"一只巨臂伸出，托住程欣的身体，把她带走了。

我赶紧说别伤害她，悠然阿姨说，只是让她睡3个小时。悠然阿姨带我去见杜教授。见面后我问："杜叔叔，你不需要第二只能量仪，为什么把它带来？"杜笛啜了一口茶："我没有拿那只能量仪。这第九只能量仪是我和你悠然阿姨20年的心血和成果。"

这时，电脑报告，程欣冲破重重设防，带着一只能量仪已离开了零星。杜教授说："这个程欣不是人，是个人机混合体，我们的防护装置对她不起作用。"由于是我引狼入室，我惭愧得无地自容。悠然阿姨告诉我数据室分析的结果：程欣不是地球的产品，它来自宿星。宿星有一批人一直想得到这第九只能量仪。如果落到他们手里，它将成为宿星和地球的灾难之源。杜教授要我到宿星去追回那只能量仪。

为了地球的安宁，我孤独地冲向宇宙。

《科幻世界》，1995年第10期，庄秀福改编

# 天 问

## 邓若愚

凌辉从天文台出来，一个很漂亮的姑娘叫他。凌辉停下来："哦，你怎么知道我的名字？"姑娘说："我叫安云，我们以前见过面。"

"没有哇。"凌辉脱口而出。安云的眼神中透出一丝失望，她说："我能请你喝一杯咖啡吗？"凌辉当然不能拒绝。

以后的几个月，安云几乎天天到天文台来等凌辉。当他因公事去了美国时，安云还是天天来电话。凌辉觉得他们之间已经到了无话不说的亲密程度，但是除了知道安云在某大酒店拥有一个极富丽

的房间，并且从来不愁钱花之外，对她的背景却一无所知。

今天，安云请凌辉到一家露天酒吧喝酒。坐下后，安云缓缓地说："你知道吗？我很爱你，因为无论多少世纪，你永远不会改变。"凌辉说："爱对我们不合适，我曾经告诉过你伊依和我的故事。"

"那又怎么样？"安云激动地说，"我们不同啊。我们在未来是一对情侣并且马上要结婚。我本来想早点告诉你，但现在告诉你也正合适，你不是这个时代的人，你和我都是37世纪的人。你是一个天体物理学家，在一次时间隧道的实验中发生了事故，你被抛入另一时空，我冒着生命危险，花了10年才找到你。"

"我不记得这些了。但你能做点什么让我相信吗？"凌辉一本正经地说。安云想了想，一字一顿地说："好，我告诉你，伊依明天就要乘火车回到这个城市。"

"不可能。"凌辉摇摇头，"两年前她去了巴西，说再也不回来了。""你不信最好，那我们明天见分晓。"

第二天，两人到了火车站，天下着雨，安云站在凌辉身后为他打伞。火车到了，车上下来一个姑娘，凌辉冲了上去，旁若无人地抱住了她："伊依，不要离开我。"伊依扑在凌辉怀里："是的，我已经知道错了，我永远不离开你。咦，你是怎么知道我要乘车来的？"

凌辉这才往后看，安云已扔掉雨伞，她身影已奇迹般地幻化在雨里，没有留下一丝一毫的痕迹。

"我相信了，我相信了……"凌辉哽咽着。

《科幻世界》，1995年第11期，庄秀福改编

# 山 鬼

## 董宏猷

老猎手田老大病危，通知在江南大学中文系当教授的儿子田安民速回。田教授带着他在高中念书的儿子田鸽赶回神农架林区老家。他们都是山林的儿子。

田鸽有位老师刘毅是位野人研究迷，曾经先后五次到过神农架。这次田鸽跟随父亲返回神农架，刘毅也再次走访神农架林区，寻访野人的踪迹。

从火车上下来，又坐了整整一天长途汽车，经过数不清的山道，又搭上姑父李荣华开的吉普车才到达目的地——田家坪。

田安民含着热泪见到了奄奄一息的父亲。田老大临终前，告诉儿子，他的妈妈在山上碰到了毛人（野人），是田老大从野人手里救下了他的妈妈，下山治好伤后，就成了他的妻子。妈妈生下了小毛人毛哥，后来又生下了田安民。有一次，一群毛人下山，抢走了毛哥。妈妈念子成病，最后终于不治，直到临死前，还口口声声要田老大找回她的毛哥。毛哥身上有信物牛角和长命锁为证。以后，田老大多次进山，发现过毛人踪迹，却始终未能找到毛哥。他叮嘱田安民，一定要遵照遗嘱，找到他的哥哥。

办完老猎手的葬礼后，田安民带田鸽进山找毛哥。探望毛哥的第一个目标，就是白虎洞。传说白虎洞有鬼，不少人探险进去，都没有生还。田安民和当过侦察兵的妹夫李荣华等带着田鸽，一身猎装，牵着猎狗"虎利"过溪水，上山坡，初进白虎洞，找到了古代巴人的兵器，发现了野人毛发。

二次进入白虎山，三人分头进了三个洞，田安民迷路困在洞

内，幸得李荣华相救；田鸽带猎狗进洞，发现刘毅老师昏死在地上，同时发现毛人，"虎利"扑过去恶斗，毛人逃走。田鸽把刘毅救回猎户彭大爷家。彭大爷是田老大的好友，用土药很快治愈了伤痕累累的刘毅。彭大爷也知道毛哥的事，他告诉田鸽：毛人与野人不同，野人是野物、牲口，毛人是土家的祖先。他曾经解救过毛人于危难中，毛人也曾多次帮助彭家护卫牲畜、庄稼不受侵害，彭大爷与毛人尽管极少相处，却建立了深厚友谊。他支持田教授，愿意帮助田家找回毛哥。

一天深夜，彭大爷家邻居的一头猪娃被盗，屋主瘦男人提火铫追踪过去，到达野人洞，发现一条大蛇将猪娃一口吸了进去。瘦男人向彭大爷求助。彭大爷带上田安民等乡亲，赶到野人洞，又见大蛇将正在奔逃的母毛人吸进口中，身边一小毛人正向这边狂奔，彭大爷等冲上前去，击退大蛇，救下小毛人。

小毛人执意要进山，彭大爷觉得孩子可能要找他爸爸，决定跟踪进洞。为了安全，他们把10枚炸药集束绑在猪崽身上。大蛇被猪崽引出洞口，吞下猪崽，李荣华一枪击中蛇口，大蛇顿时粉身碎骨。

小毛人把大伙领到一座大山的山脚，但洞口已被石块堵死，石块上可见斑斑血痕。李荣华和田安民返回找来撬杠、铁锤和铁杆，将乱石拨开。这时，一个毛人尸体呈现眼前。彭大爷告诉大家，此系卫兵，估计里面一定还有毛人。

在可容纳100多人的大山洞中，他们见到了一排排毛人整整齐齐躺在地上，男女老少密密麻麻摆满整个洞厅。原来是大蛇进入毛人洞加害毛人，逼迫得毛人用岩石堵死洞口，但因断粮，毛人全部饿死。在一旁，小毛人找到他的爸爸，放声恸哭。田安民过去，发现毛人颈上的长命锁，知道这是他哥哥，急忙去解下长命锁。这时洞顶上突然掉下一个重物，将田安民砸成重伤。

田安民在被护送到医院的途中，心脏停止跳动。临终前，他留下最后嘱托：不要再打扰他们（指毛人）……是人也好，是人形动物也好，要保护他们的生存空间。要告诉人们，他们不是山鬼……

田教授被安葬在高高的山岭上，安息在他父母和他的毛哥身边。毛人洞被人们重新用岩石封堵起来。

小毛人——田鸽的不知名的堂弟，在田教授安葬的第二天就突然失踪了，还带走了牛角和长命锁。田鸽发觉后想去追寻，刘毅对田鸽说："不要找了，让他去吧，他会顽强地生存下来的。"

《山鬼》，浙江少年儿童出版社，

1995年2月，卜方明改编

# 神奇的动物通话器

### 段 红

"六一"儿童节的上午，为庆祝五年级学生刘小佳获得全国少年科技发明奖，光明小学召开了隆重的表彰大会。

刘小佳从小就爱看科技书，喜爱小动物。他一直思考怎样才能使人们能听懂动物的语言，经过几年的努力，在爸爸的大力支持下，终于造出了一台神奇的"动物通话器"。用这台仪器的天线指向一个动物时，调整电磁波的频率与动物大脑的频率同步，显示屏幕上就会写出动物在想什么。

小佳带着仪器走进了动物园。在猴山，小佳把仪器对准了正在吃苹果的小猴，经调整频率后，屏幕马上显示出："真好吃，还想吃。"小佳看了高兴极了。接着，他又抱着仪器来到熊猫馆，将仪器对准了躺在地上的大熊猫，又调了一下频率，只见屏幕显示出大熊猫快当妈妈了，小佳对大熊猫摇摇手表示祝贺致敬。正在此时，

一位饲养员过来告诉小佳，有一只大河马已经几天没好好吃东西了。小佳急忙跟着饲养员来到大河马身旁，把仪器对准了河马，并调好了频率，屏幕上显示出的内容是："牙疼啊！"原来河马的牙被蛀蚀得松动了，使河马疼得难受。此前，饲养员还以为河马得的病是消化不良呢!

"动物通话器"在动物园显示了神奇的功能，令人兴奋的消息从动物园很快传遍了全市。人们称赞不已，有关科研部门为此授予小佳全国少年科技发明奖。

小佳并不满足于已取得的成绩，他正设想再发明一种仪器，把人的指令传给动物大脑，这样人类就能真正做到与动物通话了。

《最新儿童科幻故事60篇》，河北科学技术出版社，
1995年8月，李新改编

# 沙漠奇人

### 段亚峰

马锐从特种兵部队退役后成了一名侦探。这些年，他一直在寻找他的老战友沙浩。

近几年，在北部的沙漠地带流传着沙漠奇人的传说。马锐对此很感兴趣，于是驱车来到奇人消失的村落进行调查。村民说几年前村里来过一位军人模样的人，呆了不久即走了。近年来又有人看到有一片绿洲，盖有楼房，景色宜人，但谁也没有近前看过。马锐在沙屯村住了下来，一连几天都风餐露宿在沙漠，驱车四处寻找，但却一无所获。

这天，马锐忽然在左前方发现了一片绿洲，于是加大油门赶去，绿洲却忽又消失了。马锐认为可能对方发现了车子，便将车子

调头，固定好油门便跳下车，车子自己很快跑得无影无踪了。马锐朝着绿洲出现的方向飞快地跑去。越向前风越大，渐渐地风沙弥漫了整个天空，他什么也看不见，只得借助指南针前进。就这样，他走过草地，穿过树林，终于看到一幢构造别致的楼房。当马锐看到老战友沙浩时，高兴得跳了起来，两个老朋友紧紧地抱在一起。进屋后沙浩又将弟弟沙洁介绍给了马锐。

　　沙洁留学回国后，承担了一项世界性科研项目——奇异沙漠绿洲计划。当即，他给马锐详细介绍了这一绿洲之奇和所有的传说。首先，他解释了神奇的保护系统。他说："我们所处的地带是在

人迹罕至的沙漠中央，即使如此，也会常有人来打扰。为了不被人发现，我们设计了巨大的风沙屏障，也就是你遇上的风沙。我们是从望远镜中发现并认出了你，否则我们加大风力，任何人都无法闯过。保护屏障的风力是由人控制的，没风时，人们就能看到绿洲、楼房；风大时会将坦克掀走，所以不会有人进来。当风大时，从远处看，这里即是一个大沙丘。"

3个人一直谈着，谈到很晚。

第二天上午，沙氏兄弟驱车带着马锐向绿洲深处进发。

看着绿葱葱的树木，呼吸着新鲜湿润的空气，马锐兴奋不已。

沙洁和沙浩详细介绍了创建沙漠绿洲的重要性。许多国家也都不惜巨资进行研究。沙洁的这个项目就是其中之一，现在已经初步完成，再经过一年的完善和改进后，将会有许多人移居此地。

绿洲所需的能源全部依靠太阳能发电，所需的水是依靠专门控制降雨的机器人。它在绿洲内飞来飞去，哪里的空气干燥了，它即去打开那里的降雨装置，顷刻即会降下倾盆大雨。绿洲内共有400名机器人参与水资源的利用与管理，因此，绿洲用水是不成问题的。

沙洁接着向马锐介绍，整个绿洲都实现了自动控制和自动调节，这就是绿洲引以自傲的第三奇。他们去参观了鱼塘、自动化农业基地、花卉自动培育温室设施，还特地参加了特异型滑稽智能机器人是如何和人玩斗殴、射击等精彩的游戏活动。

在沙漠绿洲里所听的、所见的一切给马锐留下了不可磨灭的印象。沙漠奇人从此也不再神秘了。

《最新儿童科幻故事60篇》，河北科学技术出版社，
1995年8月，李新改编

# 黑狼组织

## 段亚峰

王坤将军由于过度疲劳，终于病倒住进了医院。护理医生将电视新闻记者苗芳领到了将军的病房。看着将军慈祥的面庞，苗芳心里百感交集。将军双眼紧闭，仍处于昏迷状态，看来今天是无法采访了。可当苗芳正想离开病房时，忽然听见将军轻声说："张参谋，黑狼有活动吗？我……"将军又昏迷了过去。为了让将军好好休息，苗芳轻轻走出了病房。

当晚，电台播出了两则新闻，一是人们爱戴的王坤将军由于过度疲劳住医院了；二是军方发现一个恐怖组织——黑狼，军方正利用尖端技术跟踪着它。

新闻播出后引起了人们的关注，尤其是将军的老部下祁刚。他决心去拜访同自己有着深厚感情的老将军。在询问了将军的身体情况后，他把自己的一切告诉了将军，并坦诚地表示愿意为铲除邪恶势力而出力。老将军很受感动，详细地介绍了事情的经过。

"两个月前，我们在太平洋上发现了一个奇异的能量流，它的接收地点经常变换，捉摸不定。

"通过太空隐形摄像卫星，发现此能量源是一个超大型太阳能太空聚能器，它的结构复杂，设施齐备，并有防卫系统，其收集能量异常强大，并有航天器不定时往返于太平洋某区与太空聚能器之间。从截获的电波知道，一个拥有尖端科技实力的恐怖组织，自称'黑狼'，正在太平洋海底X区建造要称雄世界的基地。据专家们估计再过数月就能将基地建好，那时它将对世界安定形成威胁。

"为了将工作推向深入，欢迎祁刚参加专案小组并协助张力参

谋工作。"

　　在指挥部里，专案组正召开研究下一步行动的紧急会议。首先由张力参谋介绍了"黑狼"组织的活动情况："最近，'黑狼'组织的活动异常频繁。目前，他们拥有15名一流的科学家，已在太空中建立了功率特大的太阳能接收系统，能将能量接收储存，然后发向在太平洋海底中的数十个能量接收器，并利用这些接收能量大规模地建造攻击武器。除此，他们还拥有从海底直到太空的先进飞行器，很有可能已制成了先进的核武器。卫星提供的资料表明，上述活动集中在太平洋X区域。"张力讲完后，王坤将军宣布由张力任作战组组长，祁刚担任副组长……

　　专案组在会后仔细研究了有关材料，提出在太平洋X区制造一起假沉船的事件以调查海底情况。

祁刚带领赵晓东、孙清辉两名助手乘上了一艘装满食品的商船，在行驶到预定地点——X区内第一次太空能量入海点，使船发生故障下沉。祁刚他们一边呼救，一边换上了潜水衣并试验了无线电联系装置。船体终于沉落在一个斜着的海底岩石面上，他们并没有立即从沉船的舱中出来，而是仔细地观察着周围的动静。大约过了半小时，从水藻中出现了一个泛着红光的物体向船体驶来，于是他们拿出呼救器大声呼救，随后看到从红色物体的舱门里跳下两个穿潜水衣的人。

这两个人下船后，仔细打量了一下船体，便向沉船游了过来。两个人沿着船体游了一圈走上了甲板，来到了祁刚3人所在的封闭船舱前，用力打开了舱门，随着涌进的海水他们也被冲了进来。在他们尚没站稳脚跟时，其中一个被祁刚一记重拳打得不省人事，另一个人被赵晓东、孙清辉紧紧抱住，并将他的头猛力向舱壁撞去，就这样两个敌手都被收拾了。于是，祁刚和孙清辉便穿上他们的潜水衣，向红色潜水船游去。当舱门自动打开后，他们立即潜入了红色潜水船，不久，舱门又自动闭合了。赵晓东看着红色潜水船消失在茫茫的海底。

大约过了10分钟，红色潜水船又回来了。原来祁刚他们把船上的驾驶员也收拾了，孙清辉向赵晓东讲了事情的经过。这样他们3人都穿上了敌人的潜水服，驾驶着敌人的潜水船，沿路记录了X区内"黑狼"的总部和数十个核设施火力点的详细情况，并且发现了"黑狼"组织存放航天器的海底仓库。在经过几次迂回潜行，麻痹了敌人后，他们迅速返回海面上的接应船。祁刚立即向王坤将军作了详细汇报。

第二天凌晨，由10枚蓝光导弹组成的导弹群，在夜空中划过道道闪电，钻入太平洋，全部命中目标。"黑狼"组织的总部和交通

工具库等设施被炸得片瓦不留，飞行器也遭严重损坏。"黑狼"组织的一头目，为了活命不顾飞行器的严重故障，仍想驾驶飞行器逃跑。然而，当他飞到X海面上空时却发现已无法脱逃，随即被作战组俘获。在审讯室里，他老老实实地交代了"黑狼"组织的野心计划和一切罪行。就这样，经过大家的努力，恐怖组织"黑狼"被彻底消灭了。

《最新儿童科幻故事60篇》，河北科学技术出版社，
1995年8月，李新改编

# 被困金星

### 段亚峰

故事发生在21世纪末，公元2099年，与地球最接近的大行星——金星上。

肖明今年12岁，已获得了"外星生存"专业博士学位。他此次到金星是为了完成"人类能否在金星生存"的研究课题，由机器人卡尔驾驶"橙鸟"222型宇航飞机完成此次航行。

就在肖明的考察研究即将完成之际，出于好奇，他想在金星上好好观察一下地球。想不到宇航飞机竟碰上了流星，燃料舱被撞坏了。现在，宇航飞机只剩下绕金星飞行一周的燃料了，肖明和卡尔心情都很沉重。此时，他们正坐在机上的超级电脑前，处理着在相撞一刹那突然收到的信号。不久，终于在屏幕上显示出这样的词语："……呼救……金星……发生故障……又与……撞……金星……"经分析研究，他们终于弄明白了，原来这是一艘发生了事故的外星智能生物飞船发出的求救信号。这下他们有了患难与共的朋友了。为了进一步仔细研究这一情况，他们将摄像机摄下的录像

重新放了一遍，终于从图像上辨别出那是一个圆圆的、有两个舷窗的飞船，一个惊慌的面孔在弦窗上还闪了一下。面对这一情况，他们犹豫了，怎么办？是过去看看外星人是否需要帮助呢？还是等待地球派人来援救呢？

肖明和卡尔经过商量，考虑外星人的飞船损坏得更严重，更需要帮助，于是他们启动了"橙鸟"222宇航飞机。巨大的轰鸣声震得金星地面上尘土飞扬，他们向着外星人的飞船飞去。

通过航测监视器可以看到，肖明他们的宇航飞机正飞行在一望无际的金星平原上，在橙色天空的映衬下，显得格外壮观。终于，宇航飞机平稳地着落在巨大的陨石旁。当他们走近才发现原来是一艘深深地陷入金星土层内的飞船，还有一个舷窗露在外面。

肖明向飞船发出了问讯电码："亲爱的朋友，我们来自太阳系的另一行星——地球，我们愿为你提供帮助，请回答。"不一会儿收到外星人回电："我们来自QA星，我们的飞船出了严重故障。由于飞船嵌入土层舱门被封，我们无法出去，请设法使飞船脱离陷坑，我们可以在舱外将飞船修好。"将飞船移出陷坑，确实很困难，因为飞船太大而且陷得又深。经过反复考虑，他们只好用太空缆绳将QA星人的飞船同"橙鸟"连在一起，用"橙鸟"的巨大拉力将外星人飞船拖出。然后，由卡尔去系缆绳，因为他是机器人，在金星的大气中活动没有危险。要知道金星上几乎没有氧气，气温高达400℃，人是不能出去活动的。经过反复努力，"橙鸟"终于将QA星人的飞船拖到了地面，QA星人立即投入了紧张的检修工作，经过整整24小时的忙碌，飞船修好了。QA星人对地球人的帮助十分感谢，对地球人的真诚与仁慈，也深受感动。于是，他们决定打破QA星人的法规，与地球人接触并将自己备用的超微能源电池装在地球人的飞船上。这种电池可供飞船往返地球两次。当然，对此，地球人也是非常感动的。

在茫茫的太空中，两艘属于不同星球的航天器，并排向太阳系中那蓝色的地球驶去。

《最新儿童科幻故事60篇》，河北科学技术出版社，
1995年8月，李新改编

# 泪洒丛林岛

### 段亚峰

聪颖美丽的姑娘白梅和伙伴们，登上了"灰鸽"号直升机，到丛林岛去旅行。丛林岛是大片原始森林中心的一块空地。那里百鸟

争鸣，鲜花盛开，就像森林海洋中的一个孤岛，所以人们叫它丛林岛。

　　白梅和同伴已超过预定回家的日子好久了，却未见人回来。这下急坏了白梅的未婚夫尚明。尚明毕业于航天工程学院，在国家航天局工作。他驾驶着自己的专用飞机在原始森林的上空仔细搜寻着失踪的人们，终于在丛林中发现了"灰鸽"号直升机。在它附近还停着两架国家空中不明现象调查委员会的直升机。盘旋在上空的尚明接到地面发来的电波：经检查"灰鸽"号没任何损伤但机上空无一人，机内所有东西放置得井井有条。10分钟后，尚明的直升机降落在"灰鸽"号附近，在"灰鸽"号直升机上意外地发现了小狗黑黑。

一天晚上，尚明带着黑黑去参加国家空中不明现象调查委员会的会议。会议上播放了丛林岛的录像，画面上出现了一个形似两个扣在一起的瓷盘似的飞碟，在菱形的舷窗内，微弱的黄光下像有一个长着长长的头的人闪了一下。奇怪的是，黑黑一见了银幕上的飞碟，就直扑了上去，乱叫乱咬。于是，尚明断定"灰鸽"的遭遇一定与飞碟有关，飞机上的人很可能被外星人劫持了。

几天后，尚明从《神奇快报》上读到关于《丛林岛的飞碟》的报道。作者是位叫柳青的女记者，她所写的报道真实可信。可就在尚明驱车赶到柳青处拜访时，当地居民告诉他，柳青住所已遭烧毁，当时还见到有一个橙绿色的光团曾在柳青住房上方停留过。尚明估计柳青又去了丛林岛。他决定再次去丛林岛。

柳青的确是去了丛林岛，目的是为了揭开飞碟的秘密。当她向丛林岛一个山丘走去时，一件意外的事发生了。深褐色的巨石崩开了，一个巨大的身影在呼啸声中腾空而起，和上次所见的飞碟一样，有菱形的舷窗，金属外壳闪着橙绿色的光。原来，她来到了飞碟的基地。突然，一束强大的橙绿色光柱把她罩住，她渐渐失去了知觉，像是进入了梦幻世界……尚明此时也看到了柳青，正想去营救时，自己也被同样的光柱罩住了。尚明也失去了知觉。

不知过去多久，当尚明醒来时，发现自己已躺在一个菱形房间里，耳畔还响起了一种声音。凭声音他知道：他们是外星人，劫持"灰鸽"上的人是他们的同类；他们的任务是了解地球生存的条件和人类的情感。他们中有些人已经脱胎换骨地变成地球人，已经掌握了地球人的情感规律；他们将返回自己的家乡——一颗离地球很远的星体。

在那里，尚明居然见到了白梅。但此时白梅告诉尚明，作为外星人的她已经成了地球人。然后，他们给尚明和柳青输入了两项指标，一是他们俩会相爱，二是以后谈到白梅时他们会中断思路。

尚明和柳青被放在城市的郊区。由于被外星人输入了两项指标，所以他们很快相爱了，有关飞碟的秘密也从来没人知道。

《最新儿童科幻故事60篇》，河北科学技术出版社，

1995年8月，李新改编

# 魔力植物园

## 段亚峰

小鲁在期末考试中得了全年级第一名，爸爸奖励他去魔力植物园参观。春辉叔叔是爸爸大学时的同学，创立植物园已5年了。他的突出贡献是将不同植物的优良性集中到一种植物上，从而产生出新的植物。现在，他们的工作已在国际上产生了影响。

在植物园里，春辉叔叔向小鲁介绍一种新近培育的新品种。在浅色长叶带的细长叶子顶端长有一个白色气囊，囊内充满着长叶带产生的氢气，这样它就悬浮在半空中生长，所以远看像个"绿色云团"，近看像个"绿色丛林"。它的生长不占土地，是一种与海带相似的蔬菜，而且味道鲜美，营养丰富，所以受到人们的普遍欢迎。

穿过科研区，他们又来到试验场。在那里，小鲁看到一种没有茎、根，只有几片大叶子托着的大大的西红柿，西红柿就是靠着这几片大叶子进行光合作用长成的。

就在西红柿附近长着像核桃大的葡萄。春辉叔叔告诉小鲁这叫硕果黑珠葡萄，它不用叶子就能生长，它是由葡萄粒本身进行光合作用供生长需要。它不仅大如宝珠，而且不长核，皮薄、肉嫩。

接着，春辉博士又介绍了一种大叶植物，尽管它的叶子长得又大又厚，但人们并不吃它的叶子，而是吃它的果实。原来它是土豆

西瓜，在地下结着像西瓜大的土豆，而上面长的是像土豆大的西瓜。它的皮只薄薄的一层，由于它既要结土豆又要长西瓜，因此必须有大大的叶子才能提供充足的营养和阳光。

　　春辉叔叔陪着小鲁向最让人感兴趣的电子植物区走去，边走边说着，这是无茎黄瓜，那是悬空辣椒，那又是红薯丝瓜……

　　小鲁和春辉穿了白大褂，戴着白帽子走进了电子植物区。在这个区里共设有4个试验室，分别为速生试验室、任意试验室、魔变试验室和魔幻试验室。这4个室都被很大的玻璃圆顶罩住，在罩里还有一棵原生树，罩内空气是经除尘杀菌的，温度和湿度也有专门的空调器调节，遇上阴天，还要打开阳光灯进行光照。

他们首先来到速生试验室，室内伸出几根电缆与原生树连接着，原生树为所试验的植物提供非常丰富的营养。只见春辉叔叔在电脑键盘上按了几个数码，不一会儿在原生树根边缘长出一棵小苗，小苗快速生长着……长出一个雪花梨。小鲁摘下一个咬了一口，又脆又甜，好吃极了。

接着他们来到任意试验室，在那里他们又按了一些键钮，只见在原生树根边缘这次长出了一串串硕果黑珠葡萄。他们可以任意调整它的生长速度、结果实的多少以及果实的甜度。

从任意试验室出来，他们走进了魔变试验室，在这里可以制造四不像的植物。春辉叔叔满足了小鲁的想法，设计了西瓜—甜瓜程序，并按了几下键钮，很快就在原生树上长出了连皮带瓤可以一起吃的西瓜—甜瓜。这真是名符其实的魔变室。

最后一个是魔幻试验室，也叫MH试验室。只要将手放在电脑感受盘上，你头脑里想象的东西就会被电脑破译，在原生树上就能长出你想要的植物来。于是，小鲁把手放在感受盘上，心里想着，他要拿着一束鲜艳的七色花献给妈妈，并告诉她自己在魔力植物园的奇遇。奇迹果然出现了，原生树上果然长出了一朵七色大花。

小鲁带着春辉送给妈妈的礼物——七色花，送给自己的气球花——气球里开着一朵鲜艳的大红花——高高兴兴地离开了植物园。

《最新儿童科幻故事60篇》，河北科学技术出版社，
1995年8月，李新改编

# 铁狗失灵后

## 段亚峰

　　铁狗实际上是月球防御站的科学家们研制的自动控制器，它有强大的攻击摧毁力，它的任务是反击在月球上落脚的外星人。在月球实验场里，装配好的铁狗正等待着试验。可就在此时，有人发现铁狗好像自己启动了，它的磁性弹射器似乎也在调整方向。于是，实验队长立即命令启动临时终止程序。只见铁狗的动作停止了仅两秒钟，便又活动了起来。人们清楚知道铁狗已经失控，首先受到威胁的将是月球上的人和各项建设工程，因为它的摧毁力是无法抵御的。实验队立即将情况报告了地球总部，总部指示要密切注意，如铁狗有破坏性举动，要尽一切办法撤离月球。

通过荧光屏人们看到一束强大的火力从铁狗的磁性弹射器炮口射向航天飞机，使飞机严重受损。人们惊呆了，因为人们已无法返回地球了。接着铁狗东撞西撞，将整个实验场弄得乱七八糟，还对所有的建筑物进行了疯狂的扫射，情况十分严重。尽管总部派航天飞机前来营救，但由于铁狗的自卫系统不停地轰炸，使航天飞机无法降落。不幸的是，航天飞机的一侧机翼被铁狗的炮弹打中了，飞机的动作开始笨拙起来了。就在这万分危急的关头，只见一只红色飞碟闪电般飞掠到铁狗上方，朝着铁狗射下了一束橙色红光，铁狗被照得一动不动了。飞碟随即收住光束；在人们的头顶上盘旋了一圈，便飞走了。人们遵照总部命令，修复了航天飞机，放弃了报废的铁狗，返回了地球。

在返航的路上，人们陷入了沉思，制造铁狗是来防御外星人，然而在人们受到自己建造的武器威胁时，却是外星人来营救的。由此，人们受到深刻的教育：外星人是善意的，人类应该用善意来报答外星人的善意。

后来，月球防御站和实验场被建成了一个月球旅行站。

《最新儿童科幻故事60篇》，河北科学技术出版社，
1995年8月，李新改编

# 智 能 球

### 段亚峰

在全国智能生物研讨会上，杨博士向大会介绍了他的导师托恩教授的科研成果和生平。

1年前，托恩教授带着他开始了一项对人类组织培养与人类智能的研究课题。他们用细胞探针提取器提取了部分人脑细胞，放入超

无菌条件下进行培养。在托恩耐心细致和高超操作技术的护理下，脑细胞团生长正常。当加入HR促生剂后，它的生长加快并开始出现分化现象。在分化完善后，他们给细胞团取名为汤姆，并为它安装了全方位电子信息接收系统和语言表达系统。

汤姆借助这两套仪器可以听声音，看物体，表达自己的认识。接着他们又让汤姆不断感受各种谈话、表演和物体运动。汤姆很少说话，但它精力充沛，学习很努力。他们又为它加装了无线电收视系统，这下，汤姆不仅可以收看所有广播和电视节目，而且还可以收到无线电话，甚至能窃听到军事秘密。

汤姆的聪明才智和能力大大超出了托恩教授和杨博士的意料。汤姆触及的问题愈来愈多，甚至涉及核设施的设置点和主要性能，并狂言它通过计算能使改装核武器的杀伤力增大1000倍。托恩获知后非常不安，因为托恩是世界著名的和平主义者。托恩知道汤姆的学习机上有一个软盘，上面有汤姆想要知道的所有知识。托恩觉得汤姆将会惹祸的。

托恩教授的心情越来越沉重，话也少了并很少谈起关于实验的事情，情绪也日益恶化。终于在1个月前的一天，当杨博士走进实验室时，发现托恩教授已僵直地趴在工作台上。

此时，只听到汤姆在说："托恩说我做了不该做的事，使我们的实验不得不终止。托恩让我转告你，此次实验，不要向世人公布，他不愿使有关核武器的数据的事被人知道，引起世人恐慌。同时，他更怕被战争野心家知道，所以已毁掉了所有记录和录音。他希望你早日回国，以后应多做对人类有益的实验。托恩教授已在1小时前服药死去，我也即将失去生命，请千万记住托恩教授的话！"

杨博士哽咽着结束了他的讲演，全场鸦雀无声，人们都陷入了深思……

《最新儿童科幻故事60篇》，河北科学技术出版社，1995年8月，李新改编

# 机器人暴乱

## 冯献成

在祖国的大西北有一个神秘的军事基地——机器人生产试验基地。

这些机器人不但有灵活的关节及和人一样的塑料膜皮肤，而且有广博的知识和超人的记忆力，不怕苦累、不怕毒气、不怕生物武器，也不怕原子弹爆炸后的蘑菇云和放射性污染。当然，它们也不吃饭、不睡觉、不呼吸空气，真是一支特别能战斗的特种部队。

一天夜晚，突然响起一阵枪声，30名敢死队机器人全体叛变了。它们在队长艾克的指挥下，枪杀了警卫战士，占领了基地的通讯中心、发电站、总装楼和实验室。最后，它们把枪对准王宏光教授领导下的200多名科学家和工程师，并命令他们从现在起每天生产10名机器人，加入敢死队，如果少一个，就枪杀一名科学家作为惩罚。

它们妄想打造一个机器人王国，成为主宰人类的统治者。

科学家们不分昼夜拼命地干，也才刚能完成每天组装10名机器人的任务。艾克每天20点整准时来领"人"。

几天来，王教授和助手马海博士专门在研究机器人暴乱的原因。

最终，他们发现一批电脑程序集成电路的两条指令中，少了一个逗号，这样在程序执行中就造成错乱。在30名敢死队员中有25名以及4天来生产的40名机器人全用了有差错的程序电路。这些有差错的程序都是马海博士编制的。只有5名敢死队员的正确程序是王教授编制的，但从外表上无法辨认，只知道他们的编号是11号到15号。马海很难过，王教授说，原因找到了，就有办法对付了，赶快把今天生产的机器人的电脑程序纠正过来。

王教授挨个接近监视他们的铁哨兵，寻找可靠的机器人。突然

一个铁哨兵说："我是15号，名叫奇克，请指示，我执行！"教授抑制不住内心的喜悦。

第五天交货时间快到了，但因原料短缺，只生产出9名机器人。马海带着赎罪的心情，坚决要求作了顶替，但被艾克发现了，他要枪决马博士。奇克在执行时，做了手脚，把马海关在一个安全的地方，等待里应外合。

第六天的生产任务已无法完成，艾克大发雷霆，命令敢死队枪杀10名科学家。这时，有十几名机器人突然反戈一击。它们接收了马博士的指令。于是，机器人展开了大混战。战斗持续了整整一天，叛军身上的高能蓄电池能量快耗尽了，它们直奔充电机房，但发电机也已被破坏了。

经历了6个昼夜的较量，科学家终于战胜了自己制造出来的机器人，暴乱平息了，基地重新正常地开始了工作。

《银色的幻想》，安徽教育出版社，
1995年1月，邵俊平改编

# 机器人间谍案

## 冯献成

在我国西北地区9112基地，一个绝密的军事会议正在进行。国家安全部掌握的情况表明，有关该基地的大量绝密情报已经被泄密，被一个军事大国——A国所掌握。这次会议就是要查明泄密的真正原因。

保卫处长雷振宇说："根据情况分析，很可能是A国的间谍卫星干的。A国的一颗代号为'黑鸟'的间谍卫星，经常在我基地上空飞过。如果基地内部有间谍利用高性能的电子侦察、破译和发报装置发报，'黑鸟'就可收到情报，同时可躲开我方侦察。"

经查，在7月28日和8月10日，"黑鸟"两次飞临基地上空，基地内部都有电台发送无线电信号。聂平将军命令在最短的时间内找到这部电台。

真是"无巧不成书"。7月28日那天，雷振宇的报话机出了故障，放在了家里。儿子小波是个无线电迷，他修好报话机后和同学们到基地附近玩"抓间谍"游戏，却发生了意外的事故。事发后，雷处长带儿子来到将军办公室。

经将军的询问，小波说："那天我正用无线电接收机寻找'间谍'电台，突然有人在眼前一闪，但转眼又不见了。我到处找，却意外地发现了一块石头，上面长着两根小竹竿，我伸手去拔，却被一阵电击摔出两米远，我很怕，就离开了。"聂将军命令立即包围42号地区，雷处长和小波也随行。

聂将军和一支搜索队由小波做向导，还有几个电子专家随同，来到那块大石头旁。

女军官华芳大声说："请撤离现场，注意隐蔽。"说罢，按动自制的发报机开关，那块石头动起来了，变成一个"人"模样。这是A国制造的专门从事间谍活动的智能机器人，它能把搜索到的情报，转换成二进制电码，存在电脑数据库中，然后压缩成密码信息。当"黑鸟"出现时，机器人就快速传送情报。这家伙很鬼，如发现有人或运动物体时，就变成石头的模样。

华芳根据截获的"黑鸟"发射的指令密码参数，设计了能控制机器人的发报机。机器人挣扎着想用手去按肚脐眼上的自杀按钮，被雷处长制止了。华芳熟练地取下机器人外衣内的导线和蓄电池，机器人再也不能动弹了。

间谍机器人成了战利品，被送往北京进行科学研究。

《银色的幻想》，安徽教育出版社，<br>
1995年1月，邵俊平改编

# 空白考卷

### 冯中平

爸爸有一支很粗很沉的钢笔，平时很少用它写字，只有在画图、计算时才用。好几回我拿起笔想看看，爸爸都不让我动，很神秘似的。

一天我放学回家，看见爸爸和张伯伯在客厅里谈话。书房的桌上放着爸爸设计的建筑图纸，大钢笔就放在图纸上面。趁爸爸不注意，我悄悄钻进了书房。

我拿起了笔，觉得它与普通钢笔没什么两样，只是笔杆上有一个长方形的玻璃窗，像一支电子表的钢笔。我顺手在一张纸上随便写"2+2＝"这个算式，忽然笔杆上出现"4"字。我赶紧又写了几个乘、除算式，窗口就会出现答案。原来，这钢笔装有微电脑。我拿出今天的数学作业题，让这支神笔帮帮忙。嘿！真神，没用多大工夫，作业就做完了。自那以后，我常常偷着用它做作业，从没出过差错。

期中考试时间到了，我偷偷拿走了大钢笔，这回考试可全靠它呢。考试进行得很顺利，题目一会儿就答完了，我坐在那里，磨蹭时间，后来干脆拿起彩色笔，在卷子下方写了"V"字代表胜利、成功，心想这回我稳拿第一了。

第二天，老师宣布完数学成绩，没念我的名字。

"胡立群，请跟我到办公室来一下。"张老师说。

到了办公室，张老师什么也没说，只递给我一张空白考卷，试卷下面鲜红的V字映入我的眼中。"这是你的考卷吧？"张老师问。

"是我的。可是我明明写了满满一大张啊。"

"噢？是这样。回去好好想想明天再来找我。"

我一路上都在想这件怪事。回家后，我把刚刚发生的事告诉了爸爸。

爸爸听完竟哈哈大笑，他说："其实道理很简单。用计算笔写的字具有磁性，用它写作业还瞒得过爸爸和老师，用它答考卷可就全露馅儿了。因为阅考卷的计算机里，有一种专门的消磁装置。考卷经过消磁后，上面的字迹就消失了。"

这件事已经过去好久了，我再也不会干那样的蠢事了，还暗下决心要靠自己的努力去赶上"数学博士"李彬。

《银色的幻想》，安徽教育出版社，<br>1995年1月，邵俊平改编

# 奇怪的餐厅

## 郭以实

"万绿丛中一点红。"这"一点红"是一个餐厅。

两位美国外宾走进了餐厅。

农、林、牧、渔一起上，餐厅里的饭菜很丰富，很独特。

站在门口迎接客人的是一个机器人。

一大一小两个美国外宾，在机器人指引的地方坐了下来。机器人说："请用快餐，我这就送来。"

机器人送上两份快餐，并一一作了介绍："这是麦饭石饮料，它含有20多种微量元素；这葡萄酒是用制造干酪剩下的浆液酿造的；这火腿是用世界第一流的大豆新品种——东农36号大豆做的植物肉。"

"这是人造牛肉吗？"美国孩子指着另一盘，用中国话问道。

　　机器人回答："不，这是真的牛肉。那牛奶也是真的。不过，我们给这种母牛吃了一种不饱和红花油丸，牛就变成含不饱和脂肪的母牛了，它的肉和奶，你们可以放心地吃！"

　　机器人指着盘子里的芹菜、白菜、韭菜说："这是半个月前用钴原子辐射过的。"

　　接着，机器人又送上了油炸蚯蚓和蚕蛹风干肠，这些都是高蛋白食物，吃起来很香。

　　美国孩子又在另一盘里拣出一片香肠，问道："这是鸡肉香肠吧？"

　　机器人点点头，并说："做香肠的鸡有火鸡那么大，做红烧火鸡肉的火鸡有鸵鸟那么大，都是生物工程师搞出来的新品种。"

　　"你们等一等，还有菜呢！"机器人说完后又端上一盘短裙竹荪。美国经理连声叫好："这可是难找的山珍呀！"

　　机器人说："这也是人工培植的。"

　　美国经理边吃边说："这叫做植物鸡，氨基酸比鸡肉还多，是高血压、高胆固醇患者的保健食品。"

　　机器人送来两盘水果。

　　美国孩子问道："怎么现在还有哈蜜瓜和苹果？"

　　机器人说："哈蜜瓜是5个月前经过辐射的，苹果是8个月前辐射过的。"

　　"好极了！"美国经理兴致勃勃地说："你们把核技术用在农业方面，开始赶上我们了，有些还超过了我们。了不起，真了不起。"

　　这一大一小两个美国外宾和机器人快乐地告别了。

《银色的幻想》，安徽教育出版社，
1995年1月，邵俊平改编

# 儿童节的电脑午餐

**郭 治**

爷爷是位科学家，他有一间神秘的小屋，听说里面有许多好玩的东西，可他从不叫我进去。

"六一"儿童节那天，爷爷说："今天为你们开放一天。"说完就出去了。

我约了小胖和芸芸一起进了爷爷的"家用电脑实验室"。桌上有一台大电视，沙发上，放着"人—机对话器"。小胖说："咱先看电视吧！"话音刚落，电视屏幕自己就亮了，并发问："想看什么节目？"

"哪咤闹海！"小胖叫道。屏幕上哪咤就出场了。一会儿，小胖又叫："口渴了，要是有一杯橘子汁多好。"瞬时，壁橱里走出一位姐姐送来了三杯橘汁。

我的肚子咕咕在叫，我就对着小盒说："我们要吃饭。"

"想吃什么？请看食谱。"

这时，电视屏幕上一行行菜单移动着……小胖叫着："吃北京烤鸭。"我说："吃肉包子。"芸芸又说："我想吃我妈做的炒疙瘩。"小胖说："我要喝奶奶做的酸辣汤。"

"对不起，这两样没有，但你们编出程序来，就能做。"这时，屏幕上出现许多不断变化着的字母，还有弯弯曲曲的线条。小胖说："这一定就是编程序呗！"说着，伸手在屏幕上一画，嗨！有两个字母定住了。我也上去乱画了两下，有几条曲线也不动了。一会儿，壁橱门又响了，送来了烤鸭、肉包子，还有一碗像糨糊似的东西和一碗黑绿色的汤水。最后两碗，我们谁也没敢吃。

这时，爷爷回来了，一看桌上的东西，哈哈大笑："这些菜是

用电脑指挥微波灶做的，你们不会编程序，就闹出笑话了。"

爷爷又说："今天请你们来参观家用电脑，不是为了好玩，也不是为了叫你们成为好吃懒做的人，而是要给你们一个小小的警示。你们要努力学习，掌握科学技术，才能会生活，会工作，成为对祖国有用的人。"

我们不住点头，觉得爷爷说得真对，今年的儿童节过得多好啊！

《银色的幻想》，安徽教育出版社，

1995年1月，邵俊平改编

# 太空寻墓

## 海 子

我在混乱吵闹的地球上生活了几十年，一直没有结婚。我庆幸自己没有走一般常人的生活轨道。为了彻底逃脱地球越来越激烈的争吃、争住，甚至连空气都含有争抢味道的环境，我用终生积蓄在远离地球的名为"蓝星"的小星体上预定了一块墓地。

我终于离开了地球，在广阔的空间飘忽漫游。尽管我已经70多岁，可觉得自己好像变得年轻了，充满了青春的欢乐。我怀中揣着"蓝星"归属我的证明向下飘落，落到地面时差点儿跌倒。我站稳脚跟后环顾四周，寒气逼来，阴冷潮湿。我小心地向着远处山下的矮小房子走过去。"蓝星"突然晃动了起来，我赶快走向近处一所小房屋前敲门。很久，一股腐朽的热浪从门缝冲出来，同时传出一个苍老的声音："这里没有空位了，走开！"

我走到另一座房屋前，听到的又是一声"滚开！"我只好绕道走上山坡。在山坡上的一间小屋边，一个人冲着我说："进不来了，我都快挤死了。"我连忙递过文件，"我有证明，我有……"

那人好似快哭了，有气无力地说："我们都有证明，你还是到其他大一点儿的星球去看看，或许还有空位。"

我痛苦地站在山顶，把证明塞进怀里，依依不舍地离开"蓝星"。我继续游荡，终于看到一个比地球大得多的星球，这儿的房子和森林一样，数不胜数。我来到一座高层楼房前，在底层过道上睡着不少人。我不想惊动他们，沿着空地绕上楼去。突然一个声音大叫起来："有人闯入！"楼下睡着的人惊醒过来，都注视着我。而楼上的人则冲出来堵住通道，摆出不让我上去的架势。当他们认出我不过是一个死去的老人时，不约而同地哈哈大笑起来。"哈哈，死人还要住房子！""滚开，死鬼，滚回地球去！"我哆哆嗦嗦地要掏证明，他们却挥动拳头，我只得赶忙逃出房子。

我的墓地在哪里？我重新游荡，从一个星球到另一个星球。我忽然想念起在地球上的那间属于我的小屋，觉得幸福好像成了过去。我不知道自己还要飘零多久，难道我要永远在这茫茫无际的宇宙中流浪么！

《黑色的幻想》，安徽教育出版社，
1995年1月，周肖改编

# 预测游戏

## 海 子

晚上，墨西哥渔民索罗尔拿着资料站提供的渔情表，来到资料规定的海域捕鱼。他连下三网，耽误了一整夜，一条鱼也没捕到，还把渔具弄坏了。第二天清晨，他去资料站交涉，那里已经聚集了许多渔民，他们也同样是一无所获。渔民们一起向法庭起诉，状告资料站。

　　法庭组成了调查组去调查情况。调查结果是墨西哥湾暖流消失，将影响地球板块移动，使地球失去宇宙平衡，人类将遭到毁灭。墨西哥政府立即向联合国报告。联合国秘书长契生十分重视，立即通知全世界科学联合会成员，要求尽快弄清暖流消失原因。

　　俄罗斯天文学家达维，从大暖流消失联想到地球与月球的关系，并很快跟月球站取得联系。月球站提供了12个反射镜，11个被尘埃遮住，无法看清，只有早在1969年7月阿姆斯特朗和敖得林两位宇航员放置的第一块反射镜还隐隐可见。经过反复测量，证实月球正以惊人的速度远离地球，月球将不再是地球的卫星。

　　由达维起草，21名天文学家和核能学家联合签名，向联合国报告。报告说：由于月球居民增多，废气不能及时排散到太空。月球周围的人造大气，又导致了月球自身温度逐步上升，它正由一个冰冷世界向新的行星转变。月球本身质量增大，现在已经快脱离地球，地球的后果将不堪设想。

　　科学家的报告的理论根据是从BRDG的著作中找出来的。

　　BRDG的真实姓名已无从查考，他是生活在几百年前的一位大科学家，由于他的发现和发明越来越荒诞，被当成疯子逐出了科学界的大门。但他仍著书立说，提出大气起源理论，并围绕这一中心，预测出一系列让人感到恐慌的事情。他把其中一篇月球将飞离地球以及人类采取什么样措施的文章，安上《预测游戏》的标题。就是由于这种不同一般的想象和预测，引起科学界的反感，天文学会将BRDG开除出学会，查封了他的小说，把他送进疯人院直到他去世。

　　联合国对报告进行了认真讨论，最后以81票对21票，同意向全世界发出呼吁，寻找BRDG著作。但是在72小时内，联合国收到全世界422多万个国家、地区的网电，没有一家图书馆收藏BRDG的著作。

在中国，第一阶段全国图书馆查找工作已经结束，找不到BRDG著作。第二阶段向全国10亿人口每人发一张关于BRDG的卡片，调查后汇总到北京网络中心。

第三天，一张填写87-239214305的卡片上，有个叫马海涛的回族姑娘，讲述了月球带着人飞走的故事，还画了图案。调查组把姑娘从西北部甘肃地区接到北京。考察小组组长朱世斌巧妙地向姑娘提出BRDG四个字。马海涛尖声回答说见过，是她爷爷马沅讲给她听的，她还见过故事书的封面……朱世斌带上小姑娘，立即从北京飞抵马沅家。

马沅是位87岁的老人。当年他从父亲手中接过BRDG这本书时，老人家只说是祖上传下来的，并给马沅讲故事，还要马沅一代一代传下去。他给儿子讲，儿子不相信，他只好给孙女讲，孙子、孙女也不感兴趣，那本书就一直放在那里。朱世斌找到马沅，要看书，老人开始不肯，朱世斌只好找来地方政府、宗教组织说情，他才拿出了那本用12层布包起来的书。

BRDG的著作很快被送到联合国，联合国请了几百个破译专家组成破译大军，分成124个小组，终于译出了《预测游戏》的前半部内容。书上说："由于月亮大气的形成，月亮内部开始燃烧，继而形成一座座开着鲜艳红花的火山；由于温度不断上升，月球本身质量不断加大，它慢慢升腾，升腾到能与地球捕捉到它的能量相抗衡的地步……"前半部的后面，理论停止阐述转而写道：眼看人类的彻底毁灭就要发生，一个叫BRDG的科学家提出了阻止月球远去的办法……

破译工作到后半部却无法再继续下去，内容一团乱麻，尽管反复推敲、琢磨，列出了几千种组合，还是无法译出。于是，破译工作宣告失败。

人类的心理压力迫使人们做出最后的冒险性选择。在几千种可

能是故事的结尾中，人们选择了第7432号，它给人们稍稍带来希望。这个组合讲BRDG登上了月球，打开了各个早已安排好的能量闸门。月球在释放能量的同时，地球也发生了前所未有的地震和海啸，月球冷却后又形成了一个个环形盆地。

一个晴朗的早晨，10名科学家组成的"敢死队"带上10多套释放能量的设备和方案，来到国际航天发射中心。在数万双眼睛的注视下，科学家们悲壮地向地球告别。这是他们最后一次看到土地，看到蓝色的水和绿色的森林。无论他们成功与否，他们都将被月球释放的能量所吞没！

《黑色的幻想》，安徽教育出版社，
1995年1月，周肖改编

# 泪洒鄱阳湖

## 韩建国

1945年4月16日，日本侵略军一艘运输舰"神户5号"满载掠夺来的财宝，在鄱阳湖沉没了。

21世纪90年代，一家打捞公司准备打捞"神户5号"，因为船上的文物价值达10亿美元。公司的经理涂文兴是我的朋友。由于我对"神户5号"沉没有过详细的调查，所以涂文兴请我做打捞顾问，我答应了。

打捞尚未开始，我信步到湖边走走，碰到一年轻女子。经交谈，方知她是日本一家公司的经理，名叫田中惠子。我发现她对沉船有十分浓厚的兴趣。

打捞工作开始了，进展很不顺利，一连几天，只捞到两块铝锭，其他则一无所获。涂文兴提出用直升机在空中搜索，让我在空中摄影，我说可以试试。第二天，我乘小艇到了湖中，想不到惠子也乘船来了。过了不久，一团雾气在湖面上生成，越来越浓。这是不祥之兆，我关照惠子赶快离开。经过一番努力，我们终于冲出浓雾上了岸。

上岸不久，对讲机里传来在湖中潜水的涂文兴的声音："老兄，直升机到了吗？好大的雾……"我说："直升机刚到，雾很危险，你快撤离！""不行啊，我们看不见！""那我乘直升机去接你们，用飞机马达声引你们出来。"

我乘了直升机进去，但却无法为涂文兴指引方向。于是，我让飞机放下软梯，我爬在软梯上，想为涂文兴引路。突然，眼前雾中出现了一艘大船，如果撞上软梯，我命将休矣。危急之中，我看见一根桅杆，急忙抱住了它，飞机带着软梯飞走了。我顺着桅杆下滑，脚下踩到了盖有帆布的货垛。我抬头一看，看见两个日本兵在追一个姑娘，姑娘见到我，哀求道："先生救救我！"两个日本兵冲上来，被我击倒。我把姑娘拉到一个角落，姑娘告诉我，这是日本鬼子的"神户5号"，她被抓上了船。

这时，对讲机里传来机组人员的呼叫，我忙回答："正在被日本鬼子追杀，快来救我！"后来直升机飞到船的上空，放下软梯……

等我醒来，发现自己躺在医院里，身上还受了伤，陪我的人介绍了昨天的情况：直升机吊着我飞了回来，当时我正昏迷，便把我送进医院。大雾散后，湖上空空荡荡。据统计，昨天有七艘船约20人失踪，涂文兴也在其中，公安人员认为是大雾中相撞造成的。

听到这儿，我心中十分沉重。我知道这次失踪和以前许多船只一样，他们是陷入了时间隧道，再不会找到了。我把昨天遇见日本兵的情况和我自己对这次失踪事件的看法对许多人说了，但没有一个人相信。

惠子小姐到医院来看望我，我又讲了昨天的遭遇，她很相信，并十分感兴趣。这时我想起来，当时我身上藏有一架傻瓜机，能自动拍摄。昨天我拍了一卷胶卷，我赶紧拿去冲印，照片拍得很清楚，有凶狠的日本兵、黑洞洞的枪口、惊恐的姑娘、船上的货垛……

惠子小姐表示愿用高价买下这些照片，共同研究，以解开自然之谜。我考虑了很久，最后答应了她的请求。

《科幻世界》1995年第8期，庄秀福改编

# 没有答案的航程

## 韩 松

生物从昏迷中醒来，发现自己不再记得以前的事情。它躺在一个大大的半圆形房间里，周围是洁白的金属墙。房间有一扇门和一个窗户，透过窗户能看见室外群星密布。离窗户不远，是三张紧挨着的皮椅，生物问自己：这是什么地方？我是谁？发生了什么事？

它还没把问题问完，便听见身后发出响动。回头一看，门已打开，门口站着一个和它同样的生物，那生物发出"你好"的问候，生物不由自主地回答："你好。"啊！我们是同类。生物就称后者为"同类"。

接下来，生物跟同类进行交谈后才知道，原来同类也失却了记忆。它们立即讨论了目前的处境，由于头脑里供参考的背景知识不复存在，这种讨论根本无效。同类突然叫道："喂，我们是在一艘宇宙飞船上！"在这一思路启发下，便作了如下假设：这艘飞船正在执行一次使命，中途发生不测，使它们昏迷，并失去记忆。它们便对飞船进行搜索。飞船不大，共分三室，可是到处找不到操纵手

柄和仪表，也没有文字和图册。飞船上有三张椅子，可是只有两个生物。令它们惊喜的是，它们在飞船上找到了大量食物。

飞船上没有白昼和黑夜，生物和同类除了吃食物，就是讨论。有一次生物提出："是不是有谁在寻找我们？"同类认为有这可能。于是，它们决定轮流值班。一个休息，另一个在控制室待着，虽然实际上不能控制什么，但可以发现有无寻找它们的飞行器。等呀等，老不见第二艘飞船。

时间继续像大江东去，生物和同类感到乏味。食物在一天天减少，它们建立了一项制度，在取食时必须两者同时在场，并进行登

记。生物感到食物减少的速度不正常，怀疑是同类在值班时偷了食物，它开始监视同类。不幸的是，有一次同类发觉生物在监视它，它们就争吵起来，接着便是殴斗，最后生物把同类勒死了。生物搜索了同类的居室，却什么也没找到。生物想毁尸灭迹，但因为没有器材、药剂，也找不到通往宇宙空间的门户，只得作罢。

在以后的日子里，生物吃那些剩余的食物。很快，食物吃光了，它便吃那具尸体。在噬食裸尸时，生物才注意到了它是雌的，它承认这一点它发现得太晚了。

这艘飞船——现在生物怀疑它真的是一艘飞船——便随着它的思绪飘荡，继续着这沉默是金而似有若无之旅。

《科幻世界》，1995年第2期，庄秀福改编

# 星球玩具

### 郝 宁

"爸爸，我想要一颗星球。"对于5岁儿子的愿望，我当然不能拒绝。我花了不少钱为他买了一套星系玩具，里面包括1颗恒星和9颗行星。我帮儿子把这套模型装配好，按下开关，恒星亮了，它的行星也开始转动起来。

过了不久，儿子跑来说："爸爸，那些星球太单调了，为什么不让它们有生命呢？"于是，我到玩具店为儿子买回了一袋氨基酸玩具，看到第三颗行星比较湿润，就把这些氨基酸玩具撒在它上面。

我几乎忘了此事的时候，儿子请我去看看他的玩具："爸爸，氨基酸玩具变成很多小小的动物，还有像我们这样的人！"我来到儿子的房里，用放大镜观看第三颗行星，我问："儿子，这些穿

盔甲的小人在干什么？"儿子答："他们正在打仗。"我随口说了句，这些人真蠢。儿子便要求我给他们配一个聪明的天才。我没想到一个名叫亚里士多德的天才玩具这么贵，但我还是买了下来。后来，我又应儿子的要求为他添置了一个贝多芬、一个达·芬奇、一个雨果和一个莎士比亚。我和儿子深信这些天才会造出一个欣欣向荣的社会。

然而，好景不长，儿子又来到我跟前。他说有些人总是好斗，已经有点管不住他们了。我不相信这么小的人能有多大作为，就说随他们去吧。

一日，我正在看书，忽然看见好像有什么东西在屋里飞，它飞到桌子上空，悬停起来，仔细一看，原来是儿子的小人制造出来的太空船。没等我反应过来，就听见"轰"的一声，爆出了个火球，我连忙一闪。儿子的哭声从他的房里响起来，我赶紧跑去，见两只飞船还在到处丢它那威力甚大的炸弹。我暴怒了，抽出儿子的棒球棍向飞船扫去，把它们击碎。最后一棍打在那颗原是蓝色，现在已是黄棕色的行星上，它立即显出劣质商品的本质，哗地一下粉碎了。

《科幻世界》，1995年第7期，庄秀福改编

# 我剃了一个大光头

### 胡廷楣

我叫陈奇，属马，念三年级，别以为我和你们一般大，我的故事发生在2047年，那时你们早就是满头白发的老爷爷老奶奶了。我的故事是关于和同桌许景下围棋的事。她是校围棋队的，我从没赢过她。有一次眼看我要赢了，不小心走错一步棋，正想悔棋，她一

把抓住我的手，我一挣扎，不知怎么搞的，她像块木头似地往后跌倒了。急救车立刻把她送进医院。

班主任曹老师陪我去医院看望她，许景躺在病床上通过电视电话告诉我，她得的是白血病。我听后放心了，白血病现在能治，只要用人造血替换有病的血，再装上人工造血机器就行了。曹老师说许景要住两个月的医院，会落下功课，我表示愿意帮她补上，曹老师高兴地说："从明天起，你就得剃个大光头。学校正和XL研究所配合，搞一种新仪器进行试听。"因为不剃光头不能做试验，我只好硬着头皮剃了光头。

星期一上课，我光着头坐在课桌旁，3个身穿XL标志衣服的光头叔叔，帮助把4个吸盘"长"在我头上，吸盘后插着长长的电线。除了同学们都取笑我不算，我还为此少下了100盘围棋，放弃了15场电影，少踢了24场足球……但我终于挺过来了。

在我们上完总复习课那天，许景出院了。曹老师带我上XL研究所去，说只要两天，许景就可以把我代她听的课统统记下来。我感到又新鲜又奇怪。在实验室里，3位早已熟悉的叔叔往我的光头上涂了点药水，5分钟后头发就长得很长。而后，他们帮我理了个男孩子头。这时，许景已经躺在床上，头上套了个特殊头盔，叔叔将整齐排列的62个指甲样的小药片，陆续往小孔里放，许景进入睡眠状态，3排指示灯全亮了起来。中年叔叔告诉我，只要一刻钟，便可将我一天所上的课全部进到许景脑子里。20世纪，人们光知道脑子思考时会发出电波，思考时脑细胞有种种生物的、物理的、化学的变化。经过漫长的研究，人们终于了解到，这些思维变化与大脑的关系。这样，我们就能使一个人的思维在另一个人的大脑中重演一次。

工作结束，许景醒来了。曹老师要她背古诗，她立刻背了出来，问她数学题，拿出草稿纸，她一下就做出了正确答案。除此以外，她还记起来同学们对我的讥笑和我的牢骚话。最后，许景谢谢我为她剃了两个月的光头。

临离所前，我悄悄问中年叔叔，XL所的磁带中有没有97岁的聂卫平老爷爷和87岁的马晓春老爷爷的录像。如果有，只要一个星期，我就可以成为世界围棋大王了。

《中国科幻小说卷》，广西师范大学出版社，

1995年10月，卜方明改编

# S星球见闻

## 贾 华 邓文峰

这天，奇奇正专心致志地做着功课。突然，一个椭圆形闪光体从窗口飞了进来，它闪着银白色的光芒。奇奇一阵头晕目眩，便失去了知觉。

待奇奇睁开眼时，发现站在自己面前的竟是科幻小说中的基米，一个22世纪S星球的小学生。原来基米驾驶着"飞蝶式飞船"在太空游玩行驶到地球上空时，遇上了奇奇，于是就想把老朋友接到S星球做客。这对奇奇来说是早就盼望的，当然是高兴极了。

第二天，基米开着小型的喷气式轿车带着奇奇去参观基米的学校。一路上奇奇看到宽阔的马路一尘不染，来往车辆秩序井然，花草树木娇翠欲滴，高楼大厦鳞次栉比，更让奇奇不解的是城内空气清新，香气扑鼻。

不一会，他们来到了学校，受到师生们的热烈欢迎。奇奇还专门听了艾尔博士的历史课。老师不仅讲解了S星球的过去以及它的未来发展蓝图，还解开了为什么城内空气充满香气之谜。原来他们向空中喷射了香气剂，这种香气不仅能使空气净化，而且它还能让

人消除疲劳，恢复精力，愉悦身心。

　　课后，奇奇还去观看了基米的"小飞虎"队和"小狮子"队的足球友谊赛，当然，比赛相当精彩。但最使奇奇感兴趣的是尽管比赛是正值盛夏，赤日炎炎，然而运动员和观众却并没有大汗淋漓，而且整个足球场内也不见一把遮阳伞。基米对奇奇说明了其中的奥妙。原来他们的科学家发明了"空间太阳伞"，并将它安放在空间的最佳位置，它能把太阳释放的热量和紫外线折射回去，这样使星球的气温大大降低了。这把太阳伞的一个独特的功能是可以折叠的，利用遥控监测，使它夏天张开，冬天收拢。

尽管基米一再挽留，但奇奇还是带着基米赠送的香气剂和在S星球的见闻回到了地球。他要把香气剂同样喷射到地球上空，并告诉人们要防止环境污染，保护地球安全。

《最新儿童科幻故事60篇》，河北科学技术出版社，
1995年8月，李新改编

# 飞行衣的故事

## 贾　华　邓文峰

马林是个贪玩的小学生，总希望爸爸妈妈带他去外面玩，可他们就不肯带他去玩。于是，他想如果有件飞行衣就好了，想去哪儿就去哪儿。想啊、想啊，直想到晚上很晚才睡着。不过，这一晚他做了个好梦，梦见"神笔马良"故事中的老爷爷竟然同意把飞行衣借给他一个月。第二天醒来，马林果然看到一件飞行衣放在床上，他高兴极了，马上把衣服穿好，匆忙吃完早饭，上学去了。他决定试验一下飞行衣，心中暗想：飞行衣请你马上送我去学校，刚默想完，只觉耳边一阵微风掠过，他已经来到学校门口了。马林想到这下自己可以到处去玩了，忍不住笑出了声。

重阳节那天学校组织师生进行登山比赛，在飞行衣的帮助下，马林毫不费力地当上了冠军。当他站在山顶上，忽然想到如果能到月球上去看看吴刚和嫦娥该有多好。于是，过了两天，他就借助飞行衣飞到了月球，只见那里到处是高山、峡谷，坑坑洼洼，一片荒凉，寸草不生。接着他又飞上了夜空中最亮的一颗星星，原来他想摘一颗小星星送给奶奶，可如今看到星星真是太大了。他还觉得星星并不热，那它的光又是从哪里来的呢？于是，他带着满肚子疑问又回到了地球。

　　马林想太空真没什么可玩的，还是去美国玩玩吧!因为马林的爸爸告诉他，美国经济很发达，风景特美。当然，飞行衣很快把马林带到了美国。果然，道路两旁高楼大厦林立，路上车水马龙，一片生机盎然。在这里各国人都有，红头发、蓝眼睛、黄皮肤、白皮肤，马林看得入了迷。中午，他到一家餐厅吃饭，那里的服务员听不懂他的话，当他指指肚子表示要吃饭时，服务员却以为他肚子疼，于是叫救护车将他送到了医院。马林一看不好，只好让飞行衣赶快带他回家。回到家已是午夜了。马林的爸妈正四处寻找他呢!

一个月的限期到了，老爷爷又神秘地出现在马林面前。马林深有体会地说："老爷爷，我明白了，一个人想要了解世界，了解太空，只有好好学习，努力掌握丰富的知识，才能遨游太空，遨游世界。"老爷爷点点头说："这就对了!"说完，又神秘地消失了。

《最新儿童科幻故事60篇》，河北科学技术出版社，
1995年8月，李新改编

## 跟踪器的诞生

### 贾 华 邓文峰

刘明是个学习成绩优秀的小学生。他之所以想到要发明一个跟踪器是因为有一天他家里被盗了，损失很大，连刚买的彩电也被偷去了。由于罪犯手段狡猾，作案现场未留下任何蛛丝马迹，案件很久未能侦破。刘明想决不能让罪犯逍遥法外，于是下决心研制跟踪器，并为此绞尽脑汁，苦思冥想了很长时间，终于想到：如果把各种物品摄影成像，并按它们的形状、性质等特点分别编入程序，储存起来，当物品丢失或需要寻找时，把有关这种物品信息的软件输入"跟踪器"，请它指明物品的所在地，不就行了! 功夫不负有心人，经过几个月的研制，跟踪器终于诞生了。

刘明请好友张力将自家的钟表藏了起来，由刘明借助跟踪器寻找。刘明顺着跟踪器上红灯的"嘟嘟"声，终于在张力家的厨房内找到了钟表。试验成功了，于是刘明把跟踪器拿到公安局，请他们试用。

有一天，一名神色紧张的青年向公安局报告家中被盗，值钱的东西被洗劫一空。于是，公安局把失窃物品的形状特点等输入跟踪器，然后他们顺着跟踪器红灯声响处寻找。最终，公安人员发现是

报案人自己将东西运到别人家里，谎报失窃，想以此骗得保险金。从此，这座城市的犯罪率迅速下降。

　　刘明并不满足于现状，不仅提高了跟踪器的原有功效，而且将它运用到勘探找矿等工程中去寻找祖国的丰富宝藏。

　　刘明的这一发明，不但极大地轰动了全世界，还使他获得了该年度的诺贝尔奖。他也许是世界上最年轻的诺贝尔奖获得者了。

《最新儿童科幻故事60篇》，河北科学技术出版社，
1995年8月，李新改编

# V 计 划

**贾 华 邓文峰**

在广阔的太平洋深处，有一个神秘的岛国。岛国的居民是一种由蝾螈(一种两栖动物)进化成的高级动物，它们头脑发达，技术先进。它们发明的"钴干扰波"使人类至今都没有发现它们的存在。

国王胡夫正审阅着国防部长沙龙送来的V作战计划。这是个企图毁灭人类的计划。他随即召来了国防部长，并命令他加紧研究奇妙的金属，3天后要在试验基地检阅。

国王胡夫在《鲨鱼进行曲》中，神气十足地登上了检阅台。士兵走完"乌龟壳队列"后，演习开始了。当一排巨大的坦克来到检阅台前时，把炮口对准检阅台进行了猛烈的炮击。可只听得一阵噼里啪啦声，检阅台上的国王等人未受任何伤害。原来，在检阅台前有着一道透明的墙把炮弹反弹了回去，同时还发出了叮当之声。正在此时，鲍默将军从口袋里掏出10多只小飞机向空中撒去，只见那些飞机像气球充气似地膨胀着，并且围绕着检阅台飞行。国王按照鲍默将军所说的指令，喊了一句"回来吧!孩子们"，飞机又变成了树叶般大小，轻轻落在国王的桌子上。

演习结束了，国王在卫队的保护下来到了萨姆教授的实验室。萨姆教授向国王解释说，刚才那些飞机、坦克、防护墙，都是靠声波控制的……萨姆还领着国王参观了一只盛满特殊液体的柜子，里面有许多"机器鱼"，这些鱼有着极强的攻击力。教授放进一根铁棒，只见"机器鱼"立即发出一束束光波，铁棒被击成数段。这些鱼内储存着国家机密文件，几乎使人无法偷盗。最后，国王来到了作战指挥中心，萨姆教授指着大型计算机上的一排红色键钮说："这些是对各星球的作战钮，如果按哪个，我们的各种武器就会在哪里展开进攻。对于地球，我们不想毁灭它，只是人类把它搞得太脏了。"此时，国王迫不及待地把手伸向了键钮，只听得"轰"的一声，国王被电波击成了粉末。"不是本所人员，没有存入档案的人触摸，都将会被击毙。"萨姆教授稍停，接着说，"我们要给人类一个改正的机会，战争只能导致毁灭。"

萨姆从容地离开了房间，只剩下那些目瞪口呆的官员。

《最新儿童科幻故事60篇》，河北科学技术出版社，
1995年8月，李新改编

# 太空城游记

## 贾 华 邓文峰

　　阿力高兴极了，因为他接到希望星球请他去太空城参观的邀请信。希望星球还专门派了一艘宇宙飞船接阿力去太空城访问。不一会儿，宇宙飞船就降落在开阔的机场上。一进入太空城，阿力就有一种清新、幽雅的感觉。这里的环境特别优美，机器人导游说："太空城已全部使用电力作为能源，所以在这里听不到噪音也看不到高大的烟囱，全部能源来自一个巨型电厂。在那里，人们把太阳热能转化为电能，然后贮藏在贮电器里，这些贮电器布满在电厂的整个广场上，在阳光的照射下闪闪发光。贮电器供给全市生产、生活需要的电力，就连宇宙飞船也是用它作为动力呢！"

导游机器人又带着阿力来到"小麦培植农场"，只见一片绿油油的小麦正在抽穗。在这里，小麦一年四季都能生长，从而可以连续收获粮食。由于小麦品种优良，它的麦穗足有15厘米长，亩产已达1000千克，因此太空城根本不存在粮食危机。在其他农场里，阿力被眼前的情景惊呆了：一棵玉米结有4个果实，西红柿如同足球般大，肉牛生长极快，两年即可投入市场。当他们走过池塘河流时，发现那里的水清澈透明，原来那里放养了许多专吃水中有害物质的"清洁鱼"。最后，导游把阿力带到机器人研究所，参观工人们如何制造机器人。听说他们正在研制一种微型机器人，不久将用它们来治疗各种疑难病症，如癌症、艾滋病……

之后，阿力又参观了太空城的学校。这些学校设施先进，全部采用电视教学，学生能学到很多很多实用的知识。

几天的参观给阿力留下了深刻印象，他想：在不久的将来，我们也会把地球建设得同太空城一样美好。

《最新儿童科幻故事60篇》，河北科学技术出版社，

1995年8月，李新改编

# 人鼠之争

## 贾　华　邓文峰

贝鲁博士是"快乐城"最有名的人物。他不仅知识丰富，而且曾屡次挽救了小城的厄运，因此被誉为"民族的挽救者"。但他最近一次的工作失误却险些导致"快乐城"的覆灭。事情是这样的：贝鲁博士为了提高小城居民的食肉水平，想发明一种"动物速长剂"。经过数月的昼夜战终于获得成功。由于太累，他竟不知不觉趴在桌上睡着了，那只一直陪伴着他的猫也睡着了。就在此时来了

一只饿得发慌的老鼠，也不管是否能吃，几下就把牛奶似的液体全喝完了。没多久，那只老鼠竟长得像条狗那样高大。

人们面对这只老鼠束手无策，因为它活动灵敏，又长着锐利的牙齿，几次围捕，都没成功。

那只耗子也自己觉得了不起，胆子愈来愈大，气焰也愈来愈嚣张了，还纠集所有的老鼠到处偷吃粮食搞破坏，甚至对几只猫进行围攻殴打。它们已不满足生活上的享受，还闯进国会，要求议员修改条款：要全部消灭猫，要全城人民每月拿出一定粮食和肉类品供老鼠食用，还要……人们无可奈何，只好接受以作缓兵之计。

博士对自己的失误深感痛心，决心制止这种混乱，于是成立了以博士为首的"灭鼠委员会"。还是博士有办法，他研制成功"动物缩小剂"。经讨论，灭鼠委员会准备在鼠王举行荣登王位宝座的那一天，送它一个掺了"动物缩小剂"的蛋糕。

庆典开始了，只见那只鼠王大摇大摆地登上宝座，群鼠在下面齐呼万岁。鼠王还命令居民们将最好的食物献给它享受，于是贝鲁博士献上了一只大蛋糕。鼠王接过马上就啃了起来，没过多久，鼠王就缩小成原来那个样子。正当群鼠感到诧异时，居民们将早已放在口袋里的猫全放了出来。这些猫已经很久没吃老鼠肉了，所以一拥而上，与群鼠展开了一场厮杀。当然，正义的一方获得了胜利。

《最新儿童科幻故事60篇》，河北科学技术出版社，
1995年8月，李新改编

# 孙小空游记

**贾　华　邓文峰**

在花果山上孙小空和他的爷爷孙悟空一样人人皆知，可他是以调皮捣蛋而闻名的。为了使自己也能和爷爷一样受人尊敬，和爷爷一样本领高强，他决定出去为人类做点好事。一天，他偷偷地拿走了爷爷的宝贝万能袋，腾云驾雾来到了人间。

当时，人间正是夏季，烈日当头。只见大地一片绿翠葱郁，农民伯伯和许多小学生在地里劳动时，豆大的汗珠不停地从脸上流下。孙小空心想这不正是我立功的好机会吗，于是一个筋斗翻到空中，举起万能袋，高喊一声："雪来！"顿时大雪纷飞从天而降。待孙小空回到地面，却发现人们正在诅咒这不该下的雪，有的人感冒了，有些小树和庄稼都冻坏了。小空这才意识到自己犯了错误，赶紧对着"万能袋"说："快把雪收回去吧！"只见庄稼又恢复了生机。

夏天的天气说变就变，刚才晴空万里，转眼间阴云密布，只见一道闪电掠过，紧接着传来隆隆雷声，小空和小朋友们赶紧躲起雨来。有位小朋友问为什么先看到闪电后听到雷声呢？孙小空不懂装懂，抢先回答："因为眼长在前，耳长在后。"小朋友们听了很感谢小空的回答，因为他们谁也不知道真正的原因。

小空在回家的路上，想着自己这次外出帮小朋友做了好事，一定会收到表扬信吧！果然，过了几天他收到一封信，原来信中批评小空自作聪明乱解释。看过信后，小空很难受，不由得落下了眼泪。围观的小朋友明白了事情经过后，都来安慰孙小空说："希望你吸取这次的教训，从今以后好好学习，我们大家一起帮助你。"孙小空一言不发，低着头，陷入了沉思中。

《最新儿童科幻故事60篇》，河北科学技术出版社，
1995年8月，李新改编

# 人才速成器

## 贾　华　邓文峰

在S市，有一位名叫马好学的三年级小朋友。爸妈之所以为他起这样的名字是希望他能好好学习，将来为祖国多做贡献。可马好学就是讨厌上学读书。一天，从爸妈谈话中他了解到在R–C星球上有位知识渊博的老科学家，人们都称他为魔术师科学家。马好学心想何不请他帮助设计一种直接把知识输入人脑的机器，这样就免得受读书之苦了。

虽然马好学的求助信中错字百出，但老爷爷还是满足了他的要求，给马好学寄来了"人才速成器"。他戴上速成器，只见一道红光在课本上一掠，头上好像被人拍了一下似的，将课本上的知识全装进了脑袋。

马好学变化很大，对老师的提问对答如流，成了真的好学了，而且学问越来越大。S市授予他博士学位，他还被人们冠以神童、天才的称号。然而，好景不长，马好学获得知识的秘密终于被泄露了出去。这下，世界各地的人都来向R–C星球索取"人才速成器"，越来越多的人都一下子变得聪明起来了。这些聪明人整天滔滔不绝地开会、讨论，谁也不愿去做些实事，结果街上垃圾堆积如山，臭气熏天；地里的庄稼活也无人肯做……面对这种毁灭性灾难，马好学发慌了。于是，他只好又求助于R–C星球上的那位老爷爷，求他设法消除从"人才速成器"获得的知识。老爷爷马上回了

信，告诉马好学为了弥补他们的错误，他们已向空中撒了一种叫"失记灵"的新药物，凡是呼吸到这种药剂的人都会立即失去从"人才速成器"中所获的知识。

不久，全世界的人都恢复了原来的样子，因为谁都需要呼吸呀！人们又回到了原来的生活中。

《最新儿童科幻故事60篇》，河北科学技术出版社，1995年8月，李新改编

# 诺斯·丹玛斯的预言

## 加拉体福（藏族）

1998年，全人类都忧心如焚。因为古代预言家诺斯·丹玛斯预言，1999年地球将毁灭。这时，还有一个人比大家更关注地球的命运。

他叫沈华，24岁，一位不愿出名的科学天才。如果把他的发明公布于世，拿几次诺贝尔奖都不在话下。为了研究地球为什么会毁灭，以便采取有效的对策，在半年前，沈华就开始研制时光机了。前天，他终于制出一架时光机，取名为"华式Ⅰ号"。

今天，沈华登上了时光机，目标为1999年8月地球的上空。到了目的地，他发现地球安然无恙，人类过着安稳的日子。"这是怎么回事，不会是预言家有错吧？"沈华不相信诺斯·丹玛斯会错，便带着满腹疑问踏上了归途。

回家后，沈华睡不着，决定去古代找诺斯·丹玛斯弄清事实真相。第三天一早，沈华带着有显像功能的遥感仪，登上"华式Ⅰ号"。目标是古代诺斯·丹玛斯住处上空2000米。随着一阵闪光消失，沈华看到一片浓雾，看不清东西。他按了一下时光机的隐身

键，将时光机下降到200米高处。

沈华打开遥感仪，遥感仪里传来"已找到诺斯·丹玛斯，请看屏幕"的声音。只见屏幕上一个留着长发和一小撮胡子的青年男子背着药箱走来。"哦，原来预言家诺斯·丹玛斯年轻时是医生。"沈华心想。

只见预言家走进一个大花园，里边一个老人把他迎了进去。"医生，您终于来了，我还有救吗？"预言家沉思了一下，说："我使尽浑身解数，也只能维持您3个月的生命。今天是您的大限。"老人道："可是我不愿离开这可爱的世界。"

预言家说："先生，您应该感到高兴才是，您是在美丽的环境中去世的。而1999年我们的子孙全都会在痛苦的煎熬中死去。"就在这一刹那，沈华的遥感仪遥感到了预言家的心思："可怜的老先

生就要死了，为了让他安心离去，上帝啊，请原谅我这唯一一次的谎言。"

原来如此。沈华终于查明，所谓诺斯·丹玛斯的预言不过是他一次善良的谎言。

《科幻世界》，1995年第3期，庄秀福改编

# 收藏"灵魂"的游戏

## 江渐离

波斯金太太有点心神不安。她对波斯金先生说："大卫，你应该找艾诺谈一下，这孩子让我不放心。"艾诺是波斯金夫妇的独生子，14岁，正在上中学。

波斯金太太叹了口气："最近艾诺的老师好像在指导他们做关于灵魂的游戏，艾诺很着迷。我怕……"

正在这时，艾诺回来了。"爸爸、妈妈，晚饭好了吗？今天我饿坏了。"波斯金先生放下报纸："艾诺，最近你在做一个新型的游戏，是吗？"艾诺点点头，从口袋里掏出一个小金属匣子："我收集了七八个，只有一个是大人物，他们都在里面。"

波斯金感到震惊，但他平静地说："告诉我，你看到了什么？"艾诺立即精神起来："刚才我去了图书馆，查到一个大物理学家的基因图。"波斯金仔细想了想，又问："你是怎么弄的？那灵魂会说话吗？"

"灵魂？"艾诺很奇怪，"爸爸，您想到哪儿去了！我们收藏的是人的分子。我们的老师李小姐告诉我们，这个世界上所有的东西都不会消失，只是从一种形式转变成另一种形式而已。"波斯金太太点点头。

"死去的古人，只不过是被分解了而已。"艾诺继续他的演说，"他们最后成为肉眼看不见的小颗粒。李小姐建议我们去寻找古代人物分化出来的东西，把它们分离出来后，测定它们的基因图，然后到图书馆伟人基因图库核对一下，完成后收藏在小匣子里。"

波斯金先生朝妻子看了一下，哈哈大笑说："那么你弄到了哪个大人物呢？""爱因斯坦。"

《科幻世界》，1995年第4期，庄秀福改编

# 道格拉斯5000型机器人

### 江渐离

阿帕博士是我家的常客，今天又来了。不一会儿，机器人凯撒给我们送来了咖啡。我对博士说，有了机器人真方便。

阿帕说，那也不尽然。他递给我几张报纸，报纸连续登载了一台名为道格拉斯5000的新型机器人击倒守卫逃出实验室，闯入市图书馆和银行作案的消息，还详细描述了机器人的相貌。看了这些报道，我默不作声。突然，机器人凯撒匆匆进来："教授，有位道格拉斯先生想见您。"我说请他进来。

道格拉斯是个英俊的小伙子，我和他握了手，感到他的手冰凉。凯撒给他送来咖啡，他拿不住杯子，把咖啡洒到了身上，我忙问："是怎么了？"他说是一点小故障。这时，在一旁冷眼观看的阿帕博士说："你不否认你是道格拉斯5000吧？"我暗暗吃了一惊。那道格拉斯倒很坦然："既然你们知道了，我承认我是道格拉斯5000机器人。我的线路出了一些故障，自己无法修复，故来请江教授帮忙。"

"你应该回到实验室去。"我小心翼翼地劝告它。"不，我绝

不回去。你们也不要报警，我进来时已掐断了电话线。"我和阿帕博士都愣住了，心想：这是个可怕的对手。

"凯撒，抓住这个人！"阿帕博士大叫了一声。机器人凯撒冲进来，朝道格拉斯扑去。但它根本不是道格拉斯的对手，没几下，凯撒就被毁了。看到这一情景，我决定不帮道格拉斯修复线路。我一边考虑怎样和它拖延时间，一边和它对话："你的故障在什么位置？""在F5区。"我从书架上抽出一本《计算机年鉴》，装模作样地翻阅起来。

我坐下来，对道格拉斯说："请你给我们倒两杯咖啡来。"道格拉斯朝外走去。它刚出去，阿帕博士走近我，小声说："我有一个办法——用计算机病毒对付它。"我点了点头。

道格拉斯把咖啡送来了。过了一会儿，我编好了程序，就开始为道格拉斯检修，同时把病毒输给了它。输入很顺利，它一点也没察觉，伸展了一下四肢，感觉行动自如，便说："我要离开这儿了，谢谢两位。"

我看了一下钟，是11点35分，病毒将在12点发作。我说："请再坐一会儿，虽然你是机器人，但我们愿意和你谈谈。"

阿帕博士问它，今后有何打算。它说："现在，全世界每年有50万机器人被造出来。我要做机器人的领袖，做它们的代言人，使机器人从人类奴役的鞭子下解放出来。"

我和阿帕互视了一下，这家伙可真是不得了。我偷偷看了一下钟，11点59分，离病毒发作还有1分钟。道格拉斯站起来要倒咖啡，但手脚开始不听指挥。它似乎感觉到了什么，向我们扑来，我们赶紧躲到沙发后。"卑……鄙的……人类！"喊了这一句话，道格拉斯5000便倒下了。

《科幻世界》，1995年第5期，庄秀福改编

# 生　存

### 江京海

潘嘉驾着飞船返航了。他是"海明"宇航探索公司的职员，这次到了一个星球，在这个星球上发现了智慧生物。由于这些生物还处于初级文明阶段，潘嘉轻易地捉到了一个雌性生物。把她带到飞船上，却意外地在她身上找到了一盘磁卡。当磁卡放入电脑后，屏幕上打出"伯希伟死前留言"几个字。潘嘉大吃一惊，伯希伟是

"海明"公司的十大元老之一，原来他已到过这个星球。潘嘉按了一下键，一段文字显示出来："由于轨道发生偏差，我们到了这个星球，传染上了瘟疫，它在地球时间50小时内便会发作，因腹胀、呼吸困难、咳嗽，最后气绝身亡。万一得了这种病，必需吞食这个星球上智慧生物的血肉才能得救，我却……"

可以想象，这位伯希伟教授因为没去吞食那种生物的血肉而死去，但他为了后来者不重蹈覆辙，所以留下了这盘磁卡。

潘嘉走出控制室，奔到走廊尽头的房间前，里面关着被他捉来的异星生物。她的体态相貌与地球人还有几分相似，椭圆形的眼睛中露出无辜的神情。潘嘉在房外站了十几分钟，最后自言自语道："我不能等死，我杀她不过是杀死一只动物而已，这是天经地义的。"他从腰间拔出激光枪，踢开了房门。那异星生物吓了一跳，缩在墙角不敢动。

正在这时，呼叫器响了，潘嘉只得收起枪，向控制室走去……后来，他感到腹中发胀。"我不能死，我得马上杀死她。"他拔出了枪，不知为何，一种想法涌上心头："我不能杀她，她太可怜了。我像强盗一样把她捉来，还要杀她，我有什么良知可言？"

潘嘉端着一盘甜点，来到异星生物的面前。但她不吃甜点，反而用盘子砸他，气得潘嘉打了她几拳，打得她嘴里渗出鲜血。

维持了很久一段时间的平静，潘嘉感到越来越难受。他从墙上取下一把利刀，朝那房间走去。异星生物在咳嗽，咳嗽声不断。潘嘉迟迟下不了手，突然，他手一松，刀落到了地上。他转过身子，艰难地迈着步子往回走。

猛然，潘嘉听到背后传来长长的啸声。他回过头来，那异星生物握着潘嘉丢下的利刀，朝自己身上扎了一刀，鲜血溅了一地。她痛苦地叫着，眼睛盯着潘嘉。

"她为什么这样做？难道是为救我而自杀？"潘嘉几乎被这种

想法震惊了，他甚至不敢用自己的良知与她比较。尽管最后的一瞬间他放弃了杀她的念头，可她却那样坚决地自杀了。

最后，潘嘉恢复了健康。他把她的遗骸放进一只精致的盒子内，对飞船消了毒。到了地球之后，他该如何面对人们的采访呢？荣誉和嘲讽对他已无关紧要，因为他找到了更重要的东西——人性，爱。

《科幻世界》，1995年第2期，庄秀福改编

# 黑猩猩柯拉

## 靳俊雅

我走进办公室，葛林博士严肃地说："CRX-1型和CRX-2型电脑昨晚被盗。"我大惊失色。这两种电脑是我和博士共同研制的制造机器设备的电脑。我说："我怀疑是柯拉干的。"

柯拉是一只黑猩猩，葛林博士从非洲把它买来，训练成递工具、资料的助手。但它脑波不正常，与人接触越多越聪明。我还发现它爱看一些以叛匪为主角的电视剧，当匪徒被剿灭时，它往往非常不满。我曾提醒博士要提防柯拉。

博士说："我后悔没听你的忠告。柯拉这畜生让'时代之母'大型计算机教它学会了许多本事，现在它已无法无天了。"我们正说着话，柯拉进来了。它戴上思维—语音变换器对我们说："你们人类都是瞎子，3年来，我已用电脑生产出成千上万个机甲兵和武器，都是用来对付你们的。"说罢，它开通了毒气，博士马上死去。我惊奇地发现毒气对我竟不起作用，我灵机一动，倒在了地上。

不知过了多久，博士的尸体和我被扔到研究所的废料场。场里响着机器声，CRX-1型和CRX-2型在生产机甲兵。这里没有守卫，我要逃走是很容易的，但我没逃，我要破坏电脑，这样柯拉就不能

生产候补部队了。我找到一根高压水枪，向电脑喷射，霎时，电脑的电路被烧毁，机器也停转了。

"干得漂亮。"身后响起了柯拉的声音。我回头一看，见柯拉手里拿着一台生物分化器——它能瞬间将有机生物体分化成分子状态。柯拉按了电钮，一道绿光射到了我身上，我的皮手套随之消失，但对我却毫无作用。柯拉说："你果然是10年前制造的超世纪仿人型机器人。"我大吃一惊，我从不知道自己是机器人，但毒气和生物分化器都不能伤害我，看来我的确是机器人。

"怎么样，跟我合作吧？"柯拉身后的机甲兵都用枪对着我，我只能点头答应，随它们上了车。后来，趁它们不备，我逃走了。GBX电脑生产的机甲兵有一个缺陷，只要外界有一台大电磁力的装置激发它们，它们的大脑就会混乱，失去战斗力。博士办公室里有这种装置。我潜入办公室，找到了那台装置，这时，柯拉带着十几个机甲兵来了，我扳动开关，机甲兵顿时失灵了。

柯拉扭身就逃，我紧追其后，一直追到控制室。柯拉站住了："只要我一按这红钮，就有4枚导弹射向联合国总部。"我呆住了。在这紧急关头，我想到了我的最后特殊功能——放出自己体内的全部潜能。当柯拉正要按电钮时，我立即爆发了我的全部潜能，一阵巨响之后，一切都平静了。

《科幻世界》，1995年第3期，庄秀福改编

# 烟　岛

### 冷兆和

我收到烟岛的邀请，准备以记者的身份去采访。E君劝我不要去，说那儿的空气是致命的，那里的人每天吸烟40支，相当于减寿10年，无异于慢性自杀。

我没动摇，举例说按照戒烟宣传的统计，我患肺癌的概率比E君要高50倍，现在不照样是身体健康吗？我还举例说正在烟岛落户的P君，迄今仍然生活得好好的。我在朋友的诅咒声中上路了。

我在烟岛A机场登陆，烟岛主席的秘书接待我，像是位40多岁的中年人，布满细碎皱纹的脸上，一双眼睛已经失神。我好奇地问他有多大年岁，他回答说："老喽，已经20岁了。"

我摸出烟来请他抽。秘书说，他们到处有烟炉，耐不住了，可以去烟炉那儿吸上两口，连点火柴的工夫都省了。秘书告诉我，尼古丁正在向人们的肺部进攻，散布在空气中的100多种致癌物质是不可阻挡的！在岛上吸烟与不吸烟的受害程度不过是4比1。秘书递

给我一份工人的病历卡：病症是中等程度耳聋，严重视力衰退；心跳每分钟120次，血压经常高于200毫米汞柱；冠心病从18岁开始，日趋恶化；呼吸道可疑溃肿，左第二肺叶癌变确诊……

我决定去采访我的朋友P君。

一个黝黑、瘦削的男人热情地出来欢迎我。我盯住那人鼻侧的黑记才认出他正是P君。他爱人愁容满面，坐在一旁。我问起他们刚满周岁的孩子，P君哭丧着脸说："阳光、紫外线与烟岛是无缘的，我们的孩子也遭殃了。"

我见到了P君的孩子，头形像个倒长的梨，凸眼、塌鼻、歪嘴，四肢短得出奇。我带去的礼物——胖娃娃掉在地上，发出了"哇"的一声尖叫。他的妻子抱起婴儿，喃喃地说："烟岛送给孩子的生日礼物是一个肿块——先天性肝炎。"

我赶忙辞别出门，来到烟岛小山上。山顶光秃秃的，没有树，没有花。不少同死亡挣扎的重病号为了吸一点少烟的空气，拼命向山上爬……我遇见了烟岛主席西烟。他对我说："圭先生过去是欧洲的足球健将，如今是久病缠身的'冠军'。他从不相信吸烟会造成疾病，如今全部应验，只得靠坐轮椅生活了。"

临别，主席邀我摄影留念。照完后他郑重关照我，一定要上飞机以后才能打开照片。我离开烟岛，在机舱里打开封上的信夹。原来是一张清晰的X光照片，上面一条条粗重的纹理似蛛网，一块块不祥的阴影像膏药，还有一行流利的英文：年轻人，我不知你的年龄，但你的肺已相当于正常人60岁的水平，当心！

我一阵恶心，摸出提包里装潢精美的香烟，像甩掉毒蛇那样，把它们扔出了机舱。

《黑色的幻想》，安徽教育出版社，
1995年1月，周肖改编

# 湖 怪

### 冷兆和

一家消息灵通的晚报空中航讯报道：位于人迹罕至的卧龙湖湖心，一个不知名的小岛于前天子夜突然沉没。

这个由水草、泥土、树枝和水生物遗骸堆积成的小岛，方圆不足3000平方米，一直是鸟儿的天堂、鱼儿的乐园，和自然界一起安然相处了几百年。10年前，小岛被打乱了平衡。几户逃荒到这儿的超生家庭登岛栖身，老少57条生命与小鸟和平为邻，他们拾鸟蛋、晒鱼干、养殖珍珠，勤劳不息，很快成为了富户，过起了"桃花源"般的生活。

为换取小岛上生活必需品，他们用贵重的珍珠王租用百里之外森林监护站的直升机，赶集售货，开店经营。金饰、物品如湖水般滚来，他们的第二代参加了生产和生育活动，双向丰收。一位好事的作家用七零八碎的材料，写了篇报告文学《超生者的乐园》，引起众多超生者的疯狂羡慕。接着，一批又一批超生大军蜂拥到小岛上来。小岛上的生活使超生者忘乎所以，在这块不大的土地上迸发出了放任的生育激情。终于，在那个没有月光的恐怖之夜，这个没有根基的小岛不堪重负，悄然沉没了。

若干年后，一对老年夫妇游客在国际旅游胜地卧龙湖畔散步，突然从湖里窜出个上身为人，下身为鱼，能立、能行的怪异生物，直扑旅客跟前。两位游客当场晕厥，等醒来发现全身披挂都被剥去，连眼镜也未能幸免。不久，鱼人又出现了，集体掠劫卧龙湖畔唯一的旅社，并驱赶、惊吓游客。最后，旅游区被迫停业关闭。

人们开始研究"鱼人"从何而来。

一日，一位生物学家匿名在报上发表文章，声称他曾秘密访问过小岛，是世界上唯一的证人。他对"鱼人"的解释是：由于大自然的神秘造化之力，使原来超生岛上幸存者与水生物结合衍生出新物种。他们顽强地继续繁衍、传种、扩张。这位专家估计，第三代、第四代"鱼人"可能会完全占领卧龙湖地区，有朝一日，"鱼人"将超越大山，向内地进军……

《黑色的幻想》，安徽教育出版社，
1995年1月，周肖改编

# 太空抢险

### 李博逊

21世纪某年7月19日，中国的"华北"号航天飞机与"曙光"号空间站完成对接之后，先向空间站输送给养，随后把空间站所生产的超导合成材料、抗癌药物等大量制成品搬上飞机，准备运回地球。在货物即将搬运完毕之时，"华北"号接到基地的呼叫：美国的"自由"号空间站发生事故，要求"华北"号前往救险。

原来，美国的"海豚"号给养船刚刚在"自由"号空间站完成了组装测试，正要飞向月球。谁料"海豚"号在点火2秒钟后，一台发动机发生故障，随即"海豚"号去向不明。更为严重的是，分离后的运载火箭突然调过头，向"自由"号空间站冲来，致使"自由"号第五舱、第六舱起火，情况十分危急。休斯敦航天管制中心查明，附近只有中国的"华北"号，因此美国政府请求中国政府援助。

"华北"号接到命令后，迅速行动起来，他们要尽快与"自由"号会合。

　　"自由"号上的情况极为糟糕，好几个舱已被损毁，空间站的人都集中在指令舱，舱里的贮氧量也仅能维持几十分钟。时间在一分一秒地逝去。正在危急关头，"自由"号听到了中国"华北"号沈逢伍机长的呼叫，"自由"号的保罗站长赶紧回答：我们现有16人，有几人已受重伤，舱里氧气不多。沈逢伍表示将尽力帮助。

　　20分钟后，"华北"号与"自由"号会合并完成对接，"自

由"号上的人员顺利地向"华北"号转移。这时，保罗接到休斯敦中心的紧急通报：由于"自由"号偏离了原来轨道，在2小时后将会跟一颗名为"巨眼"的报废卫星相撞，要求"自由"号转移轨道。但"自由"号上负责驾驶的宇航员已有一人在事故中身负重伤，现在只剩下保罗一个人了。为了帮助"自由"号顺利转移轨道，沈逢伍决定留在"自由"号上，好在曾以前他在"自由"号上工作过一个月，熟悉站上的设备。

"华北"号载着15名美国人，由副机长许晴驾驶，脱离了"自由"号，向"曙光"号空间站返航。

保罗和沈逢伍在休斯敦航管中心的指示下，使"自由"号进入了新的轨道。但是，由于"自由"号损坏严重，没多久，站上供电停止，与中心失去了联系。"自由"号上一片漆黑。保罗拉着沈逢伍，摸黑穿好宇航服，戴好头盔。10分钟后，保罗的头盔显示器出现警告信号，说明保罗的储氧量已降为零。沈逢伍马上转到保罗身后，取出保罗宇航服的输氧管，与自己的宇航服接在一起。保罗流出了感激的眼泪。

时间在流逝，氧气储量只有20分钟、10分钟……突然，保罗和沈逢伍看到一个人造天体，两人同时喊了起来："是'海豚'号！"原来，失踪的"海豚"号现在又回来了。不过，"自由"号上的氧气即将耗尽，两人也奄奄一息了。但他们仍紧握操纵杆。"海豚"号终于对接上了"自由"号，保罗和沈逢伍得救了。

《科幻世界》，1995年第1期，庄秀福改编

# 蓝蓝的梦

## 李忠东

蓝蓝今天特别困倦，老师讲的话，他一句话也没听进去，竟然困得睡着了。

蓝蓝走出教室来到一幢科技大楼，进入楼内，一个头顶不停闪着红灯的机器人热情地把蓝蓝领到博士爷爷跟前。蓝蓝羞愧地问

爷爷："我们每天要学好几门课，老师讲的东西又多，我总是记不住。老爷爷，有没有这样的机器，它能把我要学的知识全都装进我的脑袋里去。"爷爷听了笑得嘴都合不拢了。他把蓝蓝带到了机器房，关进了一只箱子里。不一会儿，爷爷把她带出机房并微笑着对她说："我已经把小学、初中要学的知识全灌到你脑子里去了，你的学习成绩将超出你的同学。"蓝蓝听了非常高兴。她回到教室里时，老师在黑板上写了两个难认的字，蓝蓝抢着回答，完全正确。接着她又告诉老师："老师!我还能用英语背诵一段课文，还会解一元一次方程，还会画水墨山水画……"老师惊奇地说："蓝蓝你变得如此聪明，难道是我们的脑子有问题了吗？"蓝蓝赶紧回答说："不!是我的脑子有问题，我的脑袋里……"

"蓝蓝，你醒醒，上课怎么能睡觉呢？"有人在推她的脑袋，蓝蓝睁眼一看，老师和同学都在看着她。原来，蓝蓝做了个梦。

"蓝蓝同学，学习不努力不行呀。我们不是神仙，不能在瞬间成才。只有刻苦学习才能学到知识掌握本领，长大才能成为对社会有用的人。你明白吗？"

蓝蓝听了老师的话，羞愧地把头低了下来。

《最新儿童科幻故事60篇》，河北科学技术出版社，
1995年8月，李新改编

# 人体旅行

## 李忠东

　　郝旗对什么事都好奇，所以有个绰号叫"好奇"。爷爷非常喜欢他。一天，爷爷要给一个脑血栓的患者做手术。这是一种最新式的手术方法。在好奇的再三要求下，爷爷同意好奇跟着观看。

　　手术开始了，爷爷用微缩短波器将机器人点点医生和好奇变得非常非常小，让他们先进入患者的心脏。不久，点点医生用微型对讲机向爷爷报告发现二尖瓣闭合不完全。爷爷命令点点医生马上就地修复并迅速到达脑部。点点医生修好后，拿出特殊手术枪，射出一个气泡，大小刚好能容纳他们二人。

　　小气泡随着血液流向大脑，一路上点点医生又用另一只手术喷雾枪不断朝有血块处喷去，喷出的白色液体遇到血块，血块立刻被溶化。点点医生告诉好奇，如果血块堵塞血液流动，人就会死亡。当快到脑部血栓处时，他们从气泡中走了出来。点点医生又告诉好奇，人的脑里有150多亿个神经原，它们都跟血管连着，故决不能乱走，否则找不到血栓。讲完后，点点医生拿出一探测仪，不一会儿就用它找到了一个很大的血栓，血管几乎被堵死了。于是，点点医生又拿出喷雾枪对着血栓喷了几下，只见血栓越化越小，最后什么也没了。点点医生接着在患者大脑下部的生物钟那里，拿出生命调整仪小盒，对着生物钟按了几下，随后又到它的背后去拧了几下。

　　最后，点点医生用对讲机向爷爷报告任务已完成。两分钟后，他们走出了人体，爷爷又将他们还原成原来大小的样子。好奇复原后，发现爷爷身旁站着一位伯伯，只见他一头黑发，脸上挺有精

神。爷爷指着好奇笑着对那位伯伯说："刚才就是他钻到你身体里去啦!"

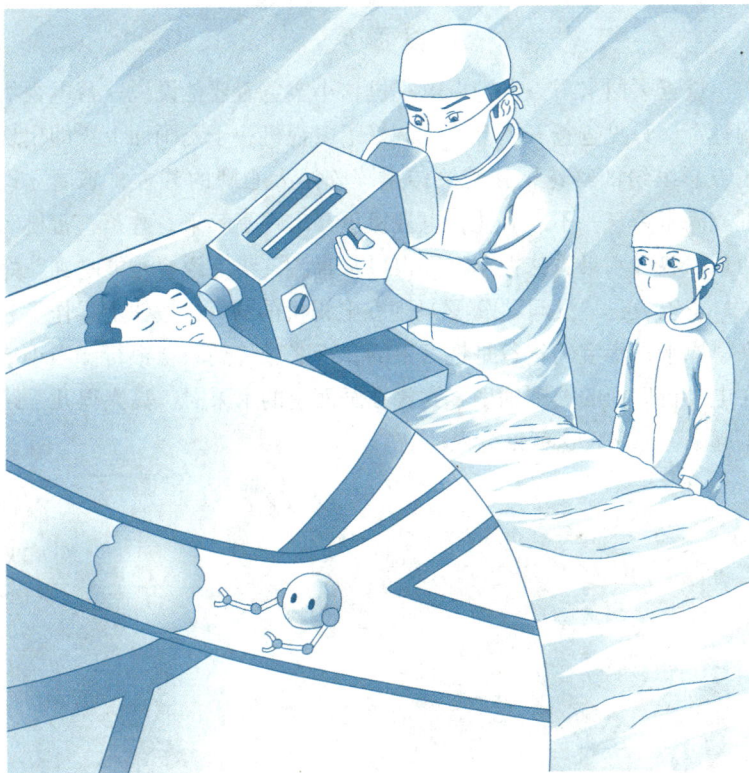

《最新儿童科幻故事60篇》，河北科学技术出版社，1995年8月，李新改编

# 神奇的电视机

## 李忠东

　　爸爸买回来了一台神奇电视机，小宝急着要他说说这台电视机的神奇。只见爸爸三下五除二调好了电视机，于是画面上立即出现了五彩缤纷的鲜花，接着又传来阵阵沁人心脾的芳香，满屋立即都充满了香气。不一会儿，电视机里又出现了苹果、香蕉、蜜桃和西瓜。各种水果香味把小宝馋得口水直流，小宝说要是能吃到就好了。爸爸说："没问题!"只见他在电视机前的一排按钮上操作了起来，原来，小宝的爸爸是把家里的存折账号传到联合银行。当小宝在电视机后面的大圆桶里拿到停在画面上的水果时，高兴得几乎跳了起来。原来，这就是电视购物。

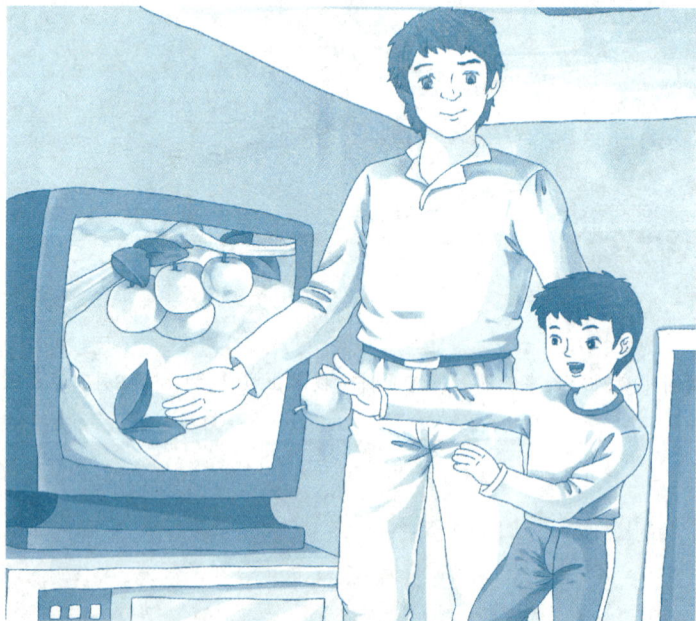

第二天，他们决定去庐山一游，小宝的爸爸又在电视机上敲打了几下。这不!他们一起飞进了电视机，去庐山玩了。

机器人导游小姐带着小宝和他的爸爸，去了白鹿洞书院、三叠泉，而后又指着五老峰说："我带你们去那儿玩，好吗？"于是，她伸出两臂，瞬时变成了两把椅子。他们坐了上去，直向五老峰飞去。在山顶上，他们看到了我国最大的淡水湖——鄱阳湖，还看到了浩瀚的长江，最后他们来到了仙人洞。小宝想起了神奇的电视机，想起了庐山的美丽风景，高兴地说："我们就是神仙，我们到了仙境啦!"天黑了，小宝对爸爸说："我们该回家了吧!"

爸爸拍着小宝说："小宝，你仔细看看，我们不是到家了吗？"

小宝揉了揉眼睛，嘿，可不是吗，他们正坐在神奇的电视机前呢……

《最新儿童科幻故事60篇》，河北科学技术出版社，
1995年8月，李新改编

# 八戒奇遇记

## 李忠东

今天八戒去X城旅游。8时整，飞机平稳地降落在停机坪上，一辆崭新的轿车停在八戒身旁，车门自动打开，车内传出柔美的声音："欢迎光临，我是全电脑无人驾驶汽车，请您提出要求。"随即在车载电视屏幕上出现了各大豪华宾馆的资料图像，最后八戒选中了OK宾馆。汽车以每小时420千米的速度行驶在高速公路上，车内听不到一点响声，也没有一点不舒服。"真太棒了!想当年我老猪腾云驾雾也比不上坐这个舒服啊!"八戒高兴得手舞足蹈。

　　到了OK宾馆，全功能机器服务员将八戒领进了客房。八戒要求洗澡，机器人立即带他进入浴室，帮他脱好衣服。此时，服务员的右臂已变成淋浴喷头并喷出热水，左手先为他按摩然后又为他搓澡，八戒觉得很舒服。刚躺到床上，机器人又递上一副墨镜说："先生，您戴上它，可闭目养神，还能通过里面的遥感联网微机，把今天世界各大报纸、电台的重要新闻以脑电波形式传到您的大脑中。再给您一个调节器，这样就可由您任选内容了。"八戒赶紧戴上了墨镜。

　　当八戒听说午餐是吃空气，气得大叫："我去西天取经路

上，曾听人说喝西北风，今天倒成了真的了。"机器人马上解释："它不是普通的空气，它是将人体需要的热量、营养和微量元素按比例混合后经加温加压而成的气体食品……""哦，原来是这样。"八戒稍闻了一下，"嘿!味道可真不错呀。"不一会儿，八戒就闻饱了。

下午，机器人领着八戒去购物中心购衣。只见衣店里只有一台服装设计电脑，样式全凭自己设计，八戒把想要的样式告诉了机器人。机器人便向电脑发出指令。电脑把几张薄纸盖在八戒身上喷上黏液，加上图案花纹。这样一件漂亮合身的衣服就制成了。

天黑了，刚回到宾馆，八戒就接到了要他返回的电话。

《最新儿童科幻故事60篇》，河北科学技术出版社，
1995年8月，李新改编

# M博士

**李忠东**

M博士是生物化学的嫁接专家，报纸报道最近他的科学研究突飞猛进，硕果累累。记者小木头人很想亲眼看看这位博士和他的嫁接成果。

在S城热狗大街的古城堡里，小木头人见到了M博士。他好奇地问："我从车站来这里，不知道坐的是什么?"博士回答说："那是我在嫁接的长青藤上加了催化生长剂，让它长成一个很大的大空桶，这样，人们坐在大空桶里就可以来了。"接着，小木头人看到嫁接在杉树上的黄瓜，又粗又长，与茄子嫁接在一起的椰子，站在地上即可摘到。博士又走到一根长长的东西前，扯了一截，原来是他把最好的烟叶嫁接在了芝麻上长成了上等香烟了。这可真有意

思。M博士又对小木头人说："过去都是在植物间进行嫁接，现在我正在植物与动物间进行混合嫁接，试验也基本成功了。明天我带你去看这一试验。"

第二天一早，博士拿着一瓶黄色的嫁接药水和小木头人一起来到古堡后院。只见博士爬到一棵不太高的树杈上，从兜里掏出了几根猪毛放在树杈上，又洒上了一些嫁接药水，就从树上滑了下来。没过多久，树上响了一下，闪出一道红光，接着弥漫起烟雾。只见树上长出一头猪来，下半身连着树干，上半身却在摇头晃脑。博士将猪锯了下来，让人去把它煮熟，把肉端了出来。小木头吃了一块，皱着眉头说："不太好吃，怎么像木头一样。"

忽然，他们听到"轰"地一响，转身一看，只见后院的树上到处长满了小猴乖乖和M博士，他们都在摇头晃脑，热闹极了。

原来是博士养的一只调皮小猴，趁人不备时拿了嫁接药水，也学着博士那样，把自己的毛和博士头上掉下来的头发都嫁接到了树上。

博士垂头丧气地说："唉！这下可完了，我没有研究怎样才能把树恢复到原状。这可怎么办呢？"

《最新儿童科幻故事60篇》，河北科学技术出版社，
1995年8月，李新改编

# 奇怪的礼物

## 李忠东

动物王国的黑狗警探中队收到一只大箱子。箱子上面写着：献给英勇无比、屡建奇功、英名盖世的黑黑警长和黑狗警探们。箱内还有一封表扬信和一个大蛋糕。狗警们高兴极了，每人分了一块蛋糕吃，就又唱着歌去参加舞会了。

第二天，黑狗警探们感到自己的牙齿特别痒，还直往外长，它们开始乱咬东西，将勺子咬成粉末，将桌脚咬断……消息传到在外开会的黑黑警长那里，他马上赶了回来。当警长一回到办公室，警狗们就扑上来乱咬，警长一看不对，就拿着麻醉弹向它们丢去，把它们全部麻醉了。经化验，发现他们是中了非洲食肉鼠的致幻剂的毒。黑黑警长立即乘飞机赶去非洲调查。在那里，他见识了这种老鼠的厉害。在回来的路上，飞机电视屏幕上突然播出了鼠王的声音："警长先生，你好啊！这几年你把我们逼得走投无路，这下你知道我的蛋糕的厉害了吧！"鼠王语音刚落，飞机就失去控制，红光一闪，在空中爆炸了。

　　电台、报纸都报道了黑黑警长遇难的消息，非洲鼠王听到高兴得手舞足蹈。他恶狠狠地说："我还要把匕首插到警长的胸口上呢！"就在开追悼会的前一天，非洲鼠王带着5名保镖潜入了警长的灵堂。在搬动尸体罩时，鼠王发现双手被粘住挣脱不了，便大喊保镖。就在此时，屋内灯光大亮，只见鼠王被新研制的强力胶粘住了。黑黑警长也来了，原来他在飞机爆炸前就脱险了。一群黑狗警探们也雄赳赳冲了进来，他们是被解药治好的。非洲鼠王看到眼前的一切，垂头丧气地瘫在地上……

　　　　《最新儿童科幻故事60篇》，河北科学技术出版社，

1995年8月，李新改编

# 危险的金球

## 李忠东

M星球的市民们从电视中得知15分钟前有一颗流星坠落，流星残体已变成了一个闪闪发亮形同乒乓球的小金球，警方要市民注意协助追查小金球的下落。

在一个被废弃地铁站的地下密室里，一个巨大的机器人皮皮正在告诉同伙黑鹰，为了和平接管M星球，他特地请了T星球的超太空人前来协助，必须尽快找到并和他们取得联系。为此，皮皮还给了黑鹰一台放大跟踪仪。

经过严密的侦查，警方终于在菜市场里抓到了捡金球的人，并请来了天体博士，请他对金球做详细研究。博士将小球带回了实验室，警方在实验楼四周布满了岗哨。博士观察了很久，自言自语说："看来只能用'镭射光束照射仪了'。"话刚完，小球却不见了。警长想了想，就带着警察们撤离了。深夜，一个黑影钻进实验室，他熟练地打开暗室，摸到了金球，可他刚跨出实验大楼，就莫名其妙地倒在地上，金球还握在手里。经法医检查，他浑身无任何外伤，只是脑神经被切断了。

地下室里，皮皮高兴地望着金球。金球是黑鹰用放大镜在大楼屋顶上找到的，在皮皮的高倍显微镜下，巨大显示屏上有几个淡淡的像针尖的小金点，但屋里却传出洪亮的声音："皮皮先生，你们怎么不早和我们联系，害得我们到处找你们。我们已经杀了贪心的博士，以后行动……"他们的谈话已被警方窃听到，并通过超大型信息数据网查到T星球超太空人的秘密：当温度超过85℃，太空人体即会遭到破坏。

　　"干掉市长，扰乱全城秩序……"针对太空人的行动计划，警方在市长办公室布置了埋伏。当几个小金点进入市长办公室后，警长立即启动速热器，办公室内温度一下升到了100℃，几个小金点立即从显示屏幕上消失了。

　　警长拿起对讲机说："报告总部，客人已全部消灭，我们准备全力以赴对付黑鹰和皮皮先生……"

《最新儿童科幻故事60篇》，河北科学技术出版社，

1995年8月，李新改编

# 大战隐形鼠

**李忠东**

猫头鹰警长接到紧急电传：金星上的珍稀动物屡遭杀害，特请警长协助破案。

警长召集全体警士开会进行案情分析，最后，确认凶手可能是独眼龙一伙。

鼠王独眼龙一伙从宇宙探测器中得知了猫头鹰警长前来破案，但他们认为现在自己本领大了，武器先进了，所以准备顽抗到底。

猫头鹰警长的飞船飞到金星上空，突遭独眼龙一伙的炮火袭击。飞船立即给以激光炮回击，最后在刺猬们的协助下，他们一起将独眼龙一伙打得狼狈而逃。

独眼龙不甘心失败，派人黑夜刺杀猫头鹰警长。不幸被及时发现，刺杀没有得逞。

为了摸清独眼龙的情况，警长亲自驾车去独眼龙一伙的据点。在路上，他不断遭到独眼龙的袭击：汽车轮胎被打坏了，但汽车能自动卸下旧轮胎并安装新轮胎；汽车过桥时，桥突然受破坏塌了，但汽车腾空而起，一跃而过；最后汽车被炮弹打中而毁，警长被迫跳入水中。上岸后，他躲在礁石后，发现了独眼龙的得力伙伴花背鼠，于是他服下缩微药片将自己变小，随花背鼠钻进了独眼龙的据点。

独眼龙眼看几次暗杀都没有成功，只好命令花背鼠采用隐身术，执行第4套行动方案。猫头鹰警长偷偷地从花背鼠背袋里取了一点隐身粉，立即返回住地进行化验。原来，这是一种不反光的稀有金属粉。此时，警长已有了对付独眼龙的作战方案了。

趁着昏暗的月光，警长摸到了独眼龙的据点，将一只巨大的电磁铁放在洞口，通电后，产生了强大的吸力，不一会儿，老鼠全部被吸了出来。

猫头鹰警长笑着对独眼龙说："怎么样，国王先生，我们又见面了，这一回你还有什么话说。"独眼龙垂头丧气地"唉"了一声。

《最新儿童科幻故事60篇》，河北科学技术出版社，
1995年8月，李新改编

# 无 名 岛

## 李忠东

一天，海上刮起了大风，一艘轮船被汹涌的海浪刮到了一座无名小岛旁，整艘船上只剩下生物遗传学家瑞克博士1人。他不停地向外界呼叫求救，但始终没有回音。幸好船上有足够的粮食，博士只好耐心等待。

　　第4天，博士决定到岛上去转一转，于是他走下轮船，向小岛深处走去。突然，在草丛里他发现了一块恐龙骨头。过去他只见过恐龙化石，这次看到骨头，实在是意外，于是把它带回船上，放在实验室的保险柜里，准备好好研究。

　　次日清晨，博士忽然发现恐龙骨头由白色变成了淡红色。他将骨头放到高倍显微镜下，看到骨头里竟然有活着的细胞，便立即将它放到培养器里，并开始配制有关的化学药剂。到第45天，一只活泼可爱的小剑龙终于破壳而出。博士高兴极了，他的实验成功了。小剑龙长得特别快，有灵性挺聪明。不久，又一只小翼龙诞生了，长着两只宽大的翅膀，还很快学会了飞翔。它们每天跟着博士去无名岛，就像是警卫员一样。一天，博士忽然发现两只小恐龙不见了，找了好久才发现它们在一棵小树下不停地扒着。原来，它们帮博士找到了淡水源。

　　一转眼过了半年，瑞克博士非常想家。一天中午，小剑龙匆匆跑进实验室，使劲地拱着博士的腿，博士急忙走出船舱，只见远处有一艘船向无名岛驶来。正在此时，小翼龙也飞到了博士身边。博士高兴地抱起小翼龙，忽然发现小翼龙身上有伤，血还在不停地流着。博士心里明白，一定是船上的人开枪打的，小翼龙坚持带伤飞回，并把船上的人也引到了这里。博士激动地把两只小恐龙搂在一起，苍老的脸上流下了激动的泪水，他知道和家人团聚的日子已经不远了，他非常感谢两只小恐龙。

　　忽然，他又为两只小恐龙担起心来，人们又会怎样对待它们呢？

　　一声长鸣的汽笛声，打断了博士的思绪。博士知道，他和小恐龙将踏上又一段不寻常的里程……

《最新儿童科幻故事60篇》，河北科学技术出版社，
1995年8月，李新改编

# 保卫太阳

**李忠东**

　　就在纽约市民狂欢圣诞节时，以克拉克为首的一伙人正在商量如何去收集各种能量和寻找新能源。因为他们最近战斗失利，储备严重不足。最后，他们决定由巴夏尔负责收集能量，罗卡寻找新能源。

　　夜深了，狂欢的人们仍然处在兴奋之中。突然，远处开来了5辆高大的汽车，它们冲到人群跟前刹住了车。只听得一声："五兄弟合并!"5辆汽车都站了起来，合成一个巨大的机器人。人们吓呆了，争先恐后地四处奔逃。机器人切断电缆，周围立即一团漆黑，接着又去推倒一栋大楼……警方出动了大批坦克和警车，都没能制止机器人的破坏行动。

　　市长认真听取了汇报，所有人都猜想这可能是外星人向地球发动的攻击。这时，秘书送来CPV高科技研究中心请求批准他们建立宇宙观察站的紧急报告，看到这是用以监视外星人的，市长批了同意。汇报结束后，市长马上召集了有关专家学者，继续研究对付外星人的办法。

　　会后，市长接二连三接到电话报告：核电站被炸、能源被抢、5枚原子弹全部丢失……与此同时，警长莫里克也接到秘密报告：高大机器人闹事后又变回5辆汽车开进了CPV科技中心。于是，莫里克第二天在研究中心附近偷偷地朝中心大楼开了一枪，射出的是窃听子弹。

　　在科技中心内，克拉克正与罗卡密谋。罗卡报告宇宙观测站已经建好，太阳能接收机也快完工，到时举行落成典礼。克拉克指示，一切按计划行动。他们的密谈内容经子弹窃听器全部传给了警长。

　　在宇宙观测站的落成典礼上，就在克拉克去按电钮准备启动太阳能接收机的时候，被警长莫里克逮捕了。这个高科技研究中心实际上是黑社会组织，他们的全部成员也都一一落网。当然，原子弹和核原料也全部安全地送回了原处。

　　　　　《最新儿童科幻故事60篇》，河北科学技术出版社，
　　　　　　　　　　　　　　　　　　　1995年8月，李新改编

# 录 想 机

## 李忠东

胜利小学二年级学生马虎就是粗心大意，记性不好。这不，今天又忘了做值日。妈妈让他去买花椒、大料，他却去商店买玩具飞机大炮。晚上准备做作业时却又忘了老师布置了什么作业。

它能录下你的想法，然后在你需要的时候放出来。

马虎睡在床上还在想着如果有人随时提醒他，就不会忘记了。这时爸爸走进屋来，送给他一个小盒——录想机。爸爸说它能录下他的想法，然后在他需要的时候放出来。它还有把他的想法变成现实的功能。但这一功能不能乱用，否则要出事故的。

录想机真好，它及时提醒马虎穿上秋衣，带铅笔盒，做值日，录想机使马虎成了不马虎。

一天，马虎与小强他们踢球，马虎接到不少好的传球，但就是不能把球踢进对方球门。于是，马虎只得求助于录想机，球很快飞进了对方球门。但小强叫着："耍赖!明明马虎没踢到球，球怎么进了大门，不算!"结果，这场球赛不欢而散。回到家里，马虎掏出小盒扔到床上说："录想机啊!你真是在帮倒忙!"录想机委屈地说："这是我的功能呀!"

第二天考试，马虎被一道题难住了，心想要是谁让我看看怎么做就好了。忽然，一张做好的卷子飞到了马虎面前，可也就在此时被老师发现了。

天黑了，马虎才离开老师的办公室，在路上马虎生气地掏出录想机，使劲摔在地上……

"铃……"一阵急促的铃声把马虎吵醒，啊!原来是做了个梦，可明知是个梦，马虎却又想起了录想机……

《最新儿童科幻故事60篇》，河北科学技术出版社，
1995年8月，李新改编

# RS-3案件

## 李忠东

侦察科长李明接到局长的命令，立即追查RS-3的研制人周广教授和他的助手魏朋。

RS-3是一种极毒物，将这种液体滴入太平洋3—5滴，足可杀死海洋中所有的生物，故它属国家绝密。

根据反复侦察与了解，得知周广教授已被人杀害，凶手可能是魏朋，还获知美国费城一暴力团伙正打算以高价购买RS-3。

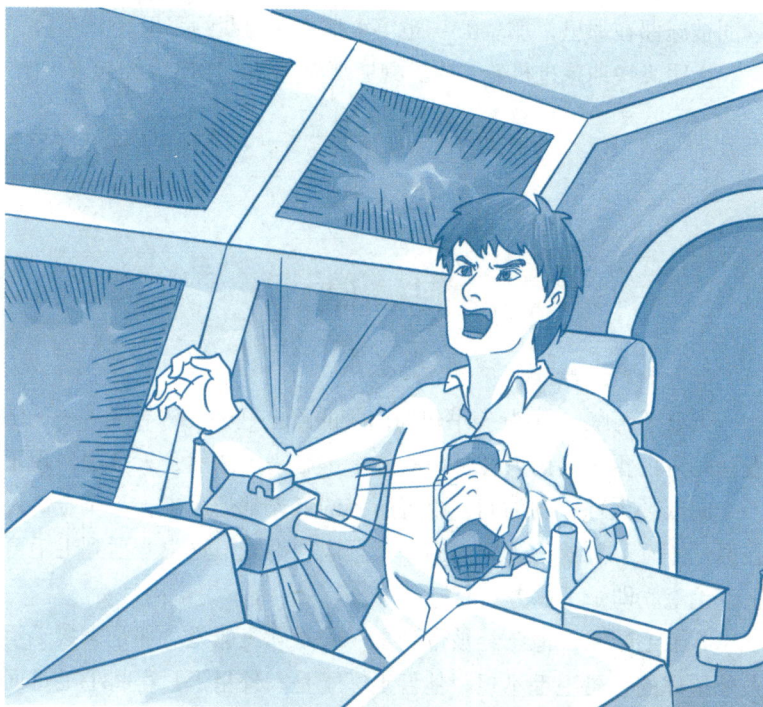

李明和他的助手们立即坐上专机直飞美国费城。在费城，李明他们很快查明了魏朋已经到了费城，并且与暴力团伙约好次日在附近一山坳里交货。李明等人便埋伏在山坳附近。到了下午3时，果然从东西方向驶来了两辆轿车，从一辆车上走下4个彪形大汉，另一辆车上下来的正是魏朋。就在他们正要交货时，李明的助手们及时打死了4个打手，魏朋吓得一愣，但很快举起手里的白色钢瓶，瓶底下还贴着一个微型烈性炸弹。他高喊着："别过来，把飞机交给我，否则同归于尽！"李明想了一下说："好吧!那我去让驾驶员下来。"李明走到机旁，让驾驶员下来，同时悄悄在门旁放了一个小盒。魏朋得意地走进机舱，正当他要去推动操纵杆时，李明按下了遥控的按钮，只见小盒对着魏朋的胸口射出了一束蓝光，顿时魏朋被冻僵在那里，那瓶RS-3也牢牢地冻在魏朋的手里。

李明飞快地跑进机舱，看到魏朋那副德性，哈哈大笑起来……

《最新儿童科幻故事60篇》，河北科学技术出版社，
1995年8月，李新改编

# 眼　睛

## 李忠东

天要下雨啦!毛毛背着书包向回家的路上跑去。"轰隆……"随着一阵阵的雷声，雨就像瓢泼一样下了起来。忽然，天空中出现了一个暗淡的大球，刹那间，附近所有的灯光都熄灭了，汽车全部停在原地不动。忽然，大球射出一束耀眼的亮光。这束光射到毛毛身上，毛毛立即晕了过去。

等毛毛醒来，他已经被带到了一艘星际飞船里。那是来接毛毛去外星球的，可毛毛不想跟他们走。于是，外星人只得将毛毛送回

了家。只见又一束耀眼的光射向毛毛的眼睛，待毛毛睁开眼时，只听到耳边传来"哗哗"的雨声，大球也不见了。毛毛觉得很奇怪，在快到家的一段路上没路灯，以前总看不清，可今天就不一样，路上的一切看得清清楚楚。毛毛觉得自己的眼睛真的发生了很大变化。

　　第二天在上学路上，毛毛用眼睛去看了一下小伟被汽车撞断了的腿，说也奇怪，小伟的腿立即恢复了原状；上课时，毛毛用眼睛看着老师时，老师就会感到难受、不舒服……

　　这些神奇的现象，使人们惊奇得不可思议。于是，大街小巷都在议论着毛毛的眼睛。记者排着队采访，科学院要接毛毛去研究，

地质队要请毛毛去探矿……毛毛成了大明星，无人不知，无人不晓。可毛毛从此也没了朋友、同学，他再也不敢出门、上学了。他苦恼极了。

每天傍晚，毛毛坐在窗下，望着天空，默默地想着因为眼睛所发生的一切。他不要神奇功能，只盼望着过正常人的生活……

《最新儿童科幻故事60篇》，河北科学技术出版社，
1995年8月，李新改编

# 贝贝救险记

### 梁慧林

查理博士与威尔斯博士都是全国著名的生物医学专家，他们各自的一生都有许多辉煌的医学成果。然而，他们之间从年轻时就充满了矛盾，在医学、政治见解上总是格格不入。为了帮助民主党战胜自由党，查理博士竭尽全力研制出了一种可以改变人的原有意志、思想和政治倾向的"人体意志细胞"。如果有的人原来意志坚定，不易改变，那么它会像癌细胞一样，破坏这个人的脑组织和脑神经，最终导致这个人死亡。查理博士就是想把这种细胞输入到自由党领袖的体内，改变他们的政治态度，使两党的思想不费吹灰之力地统一起来。

民主党对此成果如获至宝，他们召开了秘密会议，研究了方案，作出了具体计划，制订了行动步骤。

第一步，在报纸、电台、电视台上公开提出一项与自由党主张比较接近的议题，以此作为与自由党人主动和解的态度，以赢得民众的舆论支持。

第二步，邀请自由党领袖和重要领导人共商议题。

第三步，把会议厅中的扩音系统进行技术处理，使所有参加者必须带上"清音助听器"，才能听清发言讲话。用特殊的输送导线把"人体意志细胞"通过磁力超声波输送到助听器上。于是，磁力超声波不断冲击耳骨，将"人体意志细胞"送入大脑。当然，在讨论开始前，在自由党人的座位上均安上接通的按钮，他们谁也不会发现，他们的大脑内正被输入一种新的细胞。输送细胞的阴谋得逞了，然而它必须经过15天左右的时间才能在人脑中发挥作用。

报纸、电台、电视台报道会议圆满成功，两党从此携手合作，共谋治国大业，公众反映也很好。此时，民主党人正耐心等待着"人体意志细胞"发生作用，但他们却没想到这个计划偏偏在查理博士家里出了问题。

查理博士的外孙贝贝和自由党领袖西蒙多的孙子米德同是学校棒球队的队员，贝贝还当了队长，他们是一对好朋友。

一次偶然的机会，贝贝在客厅里听到一个最近经常到他家来找外公的人说："西蒙多如果头脑顽固，就只好让他死掉算了。"外公犹豫地说："最好还是不要死人，我只打算让细胞改变他们的主张，对他们的大脑不造成危害或危害不大，这是最好的结果。"接着又听到那人说："大多数自由党人的脑筋是可以通过你的细胞改变过来的，有死亡危险的只是西蒙多一人。"

当贝贝听到西蒙多的名字时，脑子里马上浮现出米德的爷爷那和蔼的笑脸，听到有死亡危险时贝贝心里十分恐惧。想到他将看到米德悲伤地流着眼泪，米德会永远恨他，恨他的外公；米德将会退出棒球队，从此，大家将四分五裂；棒球队员们、同学们将会怨恨他……贝贝想不下去了，他要去找外公，他要想办法制止这一行动。贝贝在客厅、院子里都未能找到外公，忽然想到，那些人已经在会议上采取了行动，再找外公还有什么用呢？还是立即通知米德，让他告诉爷爷，赶快想办法。

不一会儿，贝贝来到了米德家。贝贝一边走进米德的小房间，一边把紧急情况告诉了米德。接着，米德把贝贝带到他爷爷那里，贝贝将情况又完整地说了一遍，米德的爷爷开始很生气，可当他看到贝贝时又恢复到像往常一样的温和。他先感谢贝贝及时传送了重要消息，然后嘱咐他们不要声张，待明天一起去威尔斯博士爷爷那里商量办法。贝贝回到家里睡在床上，想到自己能帮助大人战胜威胁他们生命的危险，他感到很舒坦，不久就睡着了。

第二天，威尔斯博士热情地接待了他们。西蒙多爷爷把事情的大概情况告诉了威尔斯，威尔斯说："请你们不要紧张，我对查理博士的研究工作是非常熟悉和了解的，查理博士确实是个一流的科学家，请你们10天后再来找我。"

10天过去了，西蒙多爷爷、米德和贝贝来到威尔斯博士的实验室。他们从超高倍显微镜里看到从几种不同海鱼细胞中提炼、培育的另一种"人体意志细胞"，现命名为"海洋R细胞"。它可以在人体内改变或还原一些细胞形态和原有功能。

于是，西蒙多爷爷被留在威尔斯博士家里，通过安装在脑袋上的许多条导线，开始大量输入"海洋R细胞"。对参加会议的自由党其他领导人也同样做了新细胞的输入。

15天后，什么危险也没发生，公众对民主党的做法纷纷指责。查理博士也追悔莫及，并写信给威尔斯表示歉疚。威尔斯表示今后他俩将携手合作，共同为科学事业尽力。两党也感到纷争不能解决问题，并同意双方坐下来，共谋治国大业。

人们称赞贝贝的正义行动。贝贝和米德的友谊也更深、更牢固了。

《最新儿童科幻故事60篇》，河北科学技术出版社，
1995年8月，李新改编

# 时间隧道

### 梁慧林

青青很小的时候就爱问妈妈他是从哪儿来的。稍大一些又问爸爸，他长大后又是什么样？总之，他就是对过去与未来感到好奇和有兴趣。对这些问题，爸爸妈妈怎么能向他解释得清楚呢!一天，他高兴地听到一个振奋人心的消息，经过科技人员的多年努力，"时间隧道工程"已经研制成功，现正式对外开放。它可以按照人的意愿，回到过去或提前看到未来，它可以帮助人们整理过去的记忆，证实以往的事实；它还可以让人们看到未来之后，更早、更好地制订自己的工作、学习计划。青青想这下可好了，过去一直得不到回答的问题，现在时间隧道工程可以解答了。于是，青青打电话问了查询台，按查询台的阿姨告诉的地址坐上公共汽车，不一会儿就来到了市科技馆。科技馆的叔叔让青青填表写上自己的要求，青青很快填上了两项：一、想知道自己在妈妈肚子里是什么样？二、想知道自己长大后做什么工作？

青青被科技馆的叔叔带到一间宽敞的大屋里坐在靠背椅上。然后，叔叔就开始在他头上安装一些带导线的小磁块。当青青闭上眼睛后，很快就有一种入睡的感觉，尽管此时脑筋很清醒，但思想却是一片空白，就像雾的世界。接着，他好像进入一个有点漆黑，但不时有点亮光的世界，还感到似乎有股风力推着他向前飘去。青青想，这大概就是"时间隧道"吧。

"时间隧道"很快就过去了，青青感到自己来到了一个从来没到过的、异样的环境中。他断定，自己已经回到了妈妈的子宫中。

子宫中的环境是那样的舒适，青青感到周围都是温暖的水，在那里他可以任意活动。他摸到了滑溜溜的子宫壁，在吮吸自己的手指时还吸进一些淡而无味的液体。他还听到一种有规律、有节奏的声音。毫无疑问，那一定是妈妈的心跳声了。妈妈的说话声也能感觉到，忽高忽低，还夹带着嗡嗡的声响，还隐约听到远处传来的有节拍的音乐声，随着节拍声他入睡了。

他刚醒来时，觉得身上压了个东西，很不舒服，于是他使劲用脚踢了一下，那东西便马上没有了；接着在另外的地方那东西又压了上来，青青又使劲踢了过去，那东西又消失了。与此同时，青青似乎听到妈妈的笑声并感觉到妈妈在轻柔地抚摸着子宫外壁。青青想一定是妈妈在安慰着自己，想着，想着，就又昏沉沉入睡了。

青青觉得有人在拍着他的肩膀，一个声音在叫他："可以睁眼啦，小同学！"

科技馆的叔叔又带着青青进行了第二个项目，他把墙上和台上的一些按钮又按动了几下，接着对墙壁说："可以开始了。"

叔叔用手掌从上到下抚了一下青青的双眼，青青动了动嘴唇，没说什么，又"睡"了过去。青青经过"时间隧道"来到一片亮亮的世界里。

青青来到一幢壮观而又奇特的大楼，看到穿着宇航服的人们在大厅里来来往往走着，原来他已是飞行队长了。他被带到了更衣室和另外3位小伙子换上了宇航服。他们来到一艘小型宇航船前，打开舱门，在舱内检查了各种仪器，接着青青按动了起飞键钮，宇航船平稳而又迅速地闪入天空。他从屏幕上看到了飞船在银河星系中的位置，正偏向太阳朝着另一个星球移动着，周围的天空始终是白茫茫的。这是因为宇航船本身就是一个发光体，它照亮了周围的一片空间。当宇航船着陆后，青青看到面前的一切建筑物都闪闪发光。这里的建设如同地球城市，没有一点人烟稀少、土地荒芜的感觉。

"到站了，小伙子!"青青再次听到那熟悉的声音，他不情愿地睁开眼，离开了未来世界。 '

青青愉快地离开了科技馆，他要赶快回家，告诉妈妈他在她肚子里的一切，他要让爸爸知道，他将来一定能成为一个出色的宇航飞行员。

《最新儿童科幻故事60篇》，河北科学技术出版社，
1995年8月，李新改编

# 未来城

## 梁慧林

自从青青穿过"时间隧道"看到自己的未来是个出色的宇航员后，便更加自信而努力地学习航空知识了。

假期中，青青得知第二期"时间隧道工程"已研制成功，它能使人们超越自己的生命，看到很多年前发生的事情和生活。他决定去科技馆参加这一试验。这一次青青是坐在一只黑皮小靠背椅上，头上被安上了导线，他穿越了时间隧道来到了未来城。在未来城里，他受到一位叫佩佩的女孩的热情接待，在佩佩的带领下他坐上了停在路边的"飞舟"。青青牢牢抓住前面的把手，小"飞舟"平稳地离开了地面升入高空，向前飞去，他俯身欣赏着下面美丽的城市。不一会儿，小飞舟就到了佩佩家的平台上，他按照佩佩的安排，先进了屋，然后在温泉浴中洗了澡。可当他穿上新浴衣时却发现浴衣不合身。佩佩立即把他带到一个像穿衣镜一样的屏幕前，按了电钮，屏幕上立即勾出青青身体的轮廓，屏幕上方显示出他的胸围、身长等数据；佩佩又按了另一电钮，于是屏幕上出现了同样尺寸的各种式样的浴衣，青青选中其中一件。佩佩又按动了指示按

钮，不一会儿，墙上打开了比彩电大些的通道口，一个装着青青想要的浴衣的精美包装盒送了进来。接着，佩佩以同样方式，通过那个"通道口"，给青青买了些其他生活必需品。青青这才发现凡是想要的东西都可以从这个通道口买到，因为在电脑屏幕里存储着成百上千的物品，它还能将你设想的或设计的新物品通报给生产厂家，把衣服制成并快速送达。人们把这一通道口简称为WS口。青青为未来城里的人们生活能如此方便而赞叹不已。

佩佩带着青青来到餐厅里，告诉青青像大餐桌、柜子一类的大件物品可以通过"折合钮"把它们折叠起来，然后从WS口运送进来，在你使用它们时又能通过"打开钮"将它们恢复原状。可让青青感到神奇的还是他后面所见的一切。

青青跟着佩佩走进白净的厨房，看见这儿除了一些标有"WS"字样的输送口和一个键盘外没有太特殊的东西。佩佩坐在"电脑键盘"前操作了起来，她按了一个c键，屏幕上即出现一连串各种炒菜、冷菜、煮菜的名称，只一闪就过了几个菜名；又按动了几个键，屏幕上又闪出了主食、汤类、果类、糕点等。佩佩告诉青青，人们还可以根据口味不同、吃法不同，重新调配用料和火候，再输入电脑，存档记录，然后按下"输送键"就可从WS窗口得到美味可口的佳肴了。

一进入佩佩的小卧室，电灯就自动地亮了起来，佩佩用几个一次性的纸杯，在一排"水管儿"下，一样接了半杯，递给青青，青青一喝，原来是最可口的饮料。在电视机前，佩佩将遥控器递给青青，告诉他只要在你想要看的节目频道上按下代码，即可在电视上看到该节目的演出。他们俩经过一番挑选，选出了最新制作的儿童剧，一直看到很晚。卧室里的电灯都是声控的，说开就开，说关就关。这一夜，青青睡得特别好。

第二天，青青随佩佩来到学校，还上了课。黑板是块大屏幕，

老师把备好的教案磁盘往键盘孔里一放，用一根银色教杆在屏幕上指向哪儿内容便显示在哪儿，数学公式一下写满全黑板，再一按又全部消失了。课堂时间全部用在老师讲解和同学演讲上，上课效率特高。上历史课时，大屏幕简直成了宽银幕的彩色电影了，上课就像看电影，不太费劲就能把知识都记住了。在天文课上更是像在太空遨游，那奇怪的地形、地貌和身临其境的感觉，给青青留下了不可磨灭的印象。

预定回去的时间到了，青青恋恋不舍地与佩佩一家人挥手告别。猛然间，时间隧道像有磁力吸引一样，把他"吸"回到他原来坐着的黑色皮椅上。这时，科技馆的阿姨正轻轻地从他头上取下导线呢。

《最新儿童科幻故事60篇》，河北科学技术出版社，
1995年8月，李新改编

# 历 史 城

**梁慧林**

思思一直想成为一个飘然若仙的古代仕女。没想到"时间隧道"竟使她幻想成真。她头顶一个硕大的降落伞，从空中慢慢地往下飘去。农夫们茫然地拄着锄头向天上望着这位天外来的仙女。

思思终于降落在离城门不远的田野里，只见城门敞开着，城头上站着顶盔带甲的士兵，手里握着长戟一类的武器，正向着她张望，并不时传来嘈杂的喊声，城门口一下子聚集了很多人。思思大胆地向城门走去，对一个手握长剑的首领说，她要见皇上。进了城，思思穿过围观的人群，只见两边红漆柱子上、房檐的门牌楼和二层阁楼上全都爬满、站满了人。人们都友好地向她招手致意。

最后，思思被带进了宰相府。老宰相一方面派人禀报皇上，一方面视思思为贵宾予以接待。不久，家人报告，皇上要接这位仙人进宫。思思一行出了宰相府，门外早已停着几辆豪华马车，还有不少锦衣马队警卫。思思坐上豪华马车，整个队伍浩浩荡荡地行进在石板大街上。

进入皇宫大院后，思思向四周看去，觉得有点像颐和园，有假山、石桥、花木和楼阁画廊。再往前走，就像走进了北京的故宫，有大的殿堂和汉白玉石阶。走上大殿，只见所有人跪下口称万岁，唯独思思没有下跪，而是大大方方向上走去。没有人指责她，他们把她当作天外仙女，所以恭敬而又好奇。思思告知皇上，她不是仙女而是从"未来"来的一个普通女孩子，在场的人听了都大惑不解。思思被皇上带到后宫，在那里见到了很多漂亮的嫔妃，还有一个公主。思思向她们介绍了现代社会的事情，还向她们展示了照相机、画报、袖珍小收录机等，并一一摆在他们面前。皇上还招待思思吃了一顿丰盛的御宴。饭后，思思换上了牛仔猎装和皇上一起到郊外打猎，他们玩得很开心。

晚上，思思取出袖珍收录机和有点像录像带盒状的电器装置，并将它们连接起来，于是在对面的白墙上出现了像电影和录像的活动画面，直看得皇上和嫔妃们惊叹不已。投影放过后，皇上和嫔妃们像是在天国里走了一圈，心神荡驰。思思把这些东西都送给他们留作纪念。思思和皇上、嫔妃、公主们合影留念，相机是一分钟成像，令皇上爱不释手。皇上也赐给思思一些物品和皇族服饰。

返回时间隧道的时间到了，思思想着一定要把在这里看到的一切讲给青青听。不一会儿，时间隧道把思思重新拉回了"梦乡"。

《最新儿童科幻故事60篇》，河北科学技术出版社，
1995年8月，李新改编

# 信　使

## 凌　晨

国安：

信使就要到了，我决定给你写信。

在吉德耳城的日子平淡如水，我每天在秃顶的餐馆中打杂，卖饮料、快餐和冰类。

吉德耳在这个国家最偏远的地方，是藏污纳垢之处，也是全国乃至全世界的恐怖分子的出没之地。我通过层层监察站进入这座城市。这里到处是破旧不堪的建筑，凌空而过的电话线如蜘蛛网一样，衣衫褴褛的居民在街边晒太阳。

政府的电子干扰使吉德耳城无法接收和发送电子信号。要对外联系，只能采取最古老的信使的方式。政府默许了这一方式，但对信使要求苛刻，并随时监视，所以很少有人愿干这活。

昨天两名信使来了，人们都去市政大厅迎接他们。但在晚间的招待宴会上，有人向信使开枪，打死了一个，另一个受了伤。

市府的人把我叫去，因为我的身份清白，无牵无挂独自一人。所以，他们要我代替死去的信使，我只得答应。

另一个信使叫比尔，他的伤不重，过了几天就好了。于是，我和他便离开吉德耳。我本以为，只要坐上列车，把信送到收件人手中就行了，但比尔警告我，没那么容易。事情真如比尔说的那样，前天我们在车站遭到了一伙人的枪击，昨天到达的城市没有旅馆肯收留我们。警察刁难我们，路人厌恶我们，因为我们衣襟上有吉德耳的绿色三角标志。我们也不能去联邦政府控告，那样只会自找麻烦。

国安，我刚到吉德耳时装过一颗假牙，昨天我感到牙疼，在旅馆中我把它取下，竟发现两个针尖大的触点，我从液晶手表中挑出两条合金丝接通触点，表面上立刻显现：大峡谷派因特城，李国安收。我惊诧极了，国安，原来你在大峡谷，我的假牙是密信，我要早点见到你。

比尔听我说要去派因特城，就急了："那是反政府军的武装基地，你疯了？"但我执意要去，最后，比尔还是陪我上路了。

又过了两天，这两天我们一直被人追杀。我相信假牙里的密信一定非同小可，我一定会把它送到你手里。

我要死了，国安，子弹从背后射中我，追捕的人就要到了。比尔会帮我送信给你的，我没当好信使，对不住，国安。

叶 子
2095年7月25日

《科幻世界》，1995年第7期，庄秀福改编

# 历史与未来

## 刘继安

女友傅音从西雅图飞来见我，使我喜出望外。吃过晚饭，我们看电视，屏幕上出现了迈阿密海滩裸泳海滨浴场，在一大堆一丝不挂的男男女女中，我看到了"我"：一个金发女郎搂着"我"，仿佛是一对情侣。

傅音怒问："这是怎么回事？""我……不知道啊！"我从未去过裸泳场，是谁这么陷害我呢？我反复向傅音解释，但她不信。我知道多说也无益，就独自睡了。第二天傅音把我叫醒。不愧是IBM公司的优秀雇员，她用一个晚上通过电脑网络终于查到了有关

我的电视图像信号的来源。她说："我已知道是谁的恶作剧，我们马上去找他。"

我和傅音来到夏威夷群岛一个小岛上的F&C研究中心，主任叫东方白，也来自上海，在大学读书时和傅音是同学，也是恋人。东方白毫不否认那图像是他炮制的："我只是想检验一下我的'模拟真实'技术。"我真想揍他一顿，傅音请我原谅东方白，我只得作罢。当晚，我们留在了岛上。

第二天一大早，我一人到海边散步。东方白来了，他向我表示歉意，并邀我去看一些奇妙的东西，我答应了。1分钟后，我随他登上了一艘飞船似的东西。它能在海上飞驶，还能飞上天空，速度快得惊人，我闭上了双眼。突然，东方白说："注意，我们要进入'过去'了。"我睁开眼睛，发现我俩坐在一辆"二战"时的军用吉普车上。东方白说："欧阳，现在不是1995年，而是1940年，是在南京城。"

"轰隆"一声巨响打断了他的话音，一发炮弹在难民中爆炸了。吉普车艰难地前行，我亲眼目睹了日本兵的种种兽行。这些惨绝人寰的可怕情景，过去只能在教科书里看到，想不到今天我会亲临现场，成为一个目击者。

车坏了，我们只得步行。忽见一个日本兵向我们追来。我要逃，竟一步也迈不开，随后便失去了知觉。我恢复意识时，见旁边有一个日本人，问他是谁。他说叫坂原三郎："刚才你是在'模拟真实'的状态下，这是东方白先生的杰作。不过，我比他高明一些，能介入他的试验。现在我把你拉回现实中了。"

东方白和我回到F&C中心。东方白介绍说，坂原三郎是他大学时的同学，所学专业都属于一种前所未有的尖端科学，他着重于"模拟"历史事实，而坂原则着重研究未来。我对这些不感兴趣，便向东方白告辞了。

　　傅音已经离岛。我飞往西雅图，到傅音的住处。傅音见到我，大吃一惊："怎么……又是你？"我闻听此言，一下子懵了。我走进屋中，屋中站着一个和我一模一样的人，他问我是谁。我说我是欧阳，反问他是谁。那人却冷笑一声，称他才是真正的欧阳。我和他争吵起来，傅音毫无办法。最后，傅音决定再去F&C中心找东方白，他有最先进的仪器，可以分出真伪。

　　我们三人先乘飞机，后来换乘快艇上岛，中途遇到了食人鲨，那人被鲨吞噬，我和傅音则侥幸逃生。找到东方白后，向他讲述了事情经过。东方白说，那人是日本人坂原三郎复制出来的，坂原三郎介入了东方白的"模拟真实"试验，弄清了我的一切信息，才复制了一个假欧阳。

　　东方白问傅音何时回国，傅音表示暂时不走了。我和东方白迷惑地看着她，因为几天前她说要和我一起回国的。傅音严肃地说："我要留下来进行研究。如果日本由坂原三郎这样的战争狂人掌了权，中日重新开战，他们对需要的人滥加复制将会有什么结果？"东方白沉思良久，严肃地点点头。

《科幻世界》，1995年第3期，庄秀福改编

# 绿　祸

**刘卫华**

　　阿丽塔小行星不是冰封雪盖的寒冷天地，而是气候湿润，植物茂盛，实在出乎人们的意料。宇宙探险家卢宁带着他的爱犬星儿，迟疑地走下飞船舷梯。

　　飞船降落在一大片郁郁葱葱的植物丛中，这是一种形似仙人掌的植物。卢宁闻到水果的芳香，而星儿则闻到熟肉骨头的气味。卢

宁记起《宇宙指南》上的忠告：在陌生行星上，不能随便触摸那里的生物，更不能轻易食用。面前的仙人掌样的植物，叶厚，浆水丰富，对称排列，像工厂生产的某种产品。

爱犬星儿已经津津有味地吃了起来，吃得那样香甜。卢宁也被植物发出的浓香所吸引，甜美的滋味从嘴里传遍全身。吃着，吃着，爱犬星儿突然停止了啃嚼，狂吠起来，没几声，两腿就长到了一起，变成了草绿色，动弹不得。卢宁知道灾难临头，他的脚也变成了翠绿色，像生了根一样动弹不了。卢宁后悔没有听从《宇宙指南》的忠告，但为时已晚。

　　这时，一艘碟形飞船飞来，卢宁决定采取措施，提醒新的来访者注意安全。他摘下身上的宇航员徽章，按了一下，扔到地上，这是枚微型炸弹，供紧急时使用。但是，这枚徽章炸弹并没有爆炸，这时他才想起来，要按两下才能起爆。

　　飞船上的门打开，走出两个绿肤独眼的外星生物，他们发现小行星上多了两株同形植物。原来他们利用仙人掌样的植物发出动物喜欢的气味，吸引外来动物食用，使各种动物发生变异，变为绿色同形植物。现在，他们前来收采动物变异的绿色同形植物，从中提取养分，加工成高级营养食品。

　　一个绿肤外星生物发现了那枚宇航员徽章，捡起来放进口袋。然后，这个外星生物从碟形飞船上开出植物收集车，将小行星上新长的绿色变形植物连根拔起，运进飞船。

　　碟形飞船离开了小行星，那个绿肤外星生物在飞船上拿出那枚宇航员徽章，得意地观赏起来。他用手在徽章上按了一下，一声巨响，徽章炸弹爆炸了，碟形飞船被炸得四分五裂。飞船上的两名绿肤外星生物、卢宁、星儿及其他同形植物，一起化成了一团耀眼的光芒。

　　　　　　　　　　《科学之友》，1995年第4期，方人改编

# 外祖父悖论

**柳文杨**

科技局的老苏不老，也就30岁，他准备研制一部"时间机器"。马局长认为这种研究于国于民毫无用处，没有批准老苏的申请。

一日，一位白世凡教授来拜访老苏。白教授说："你是内行，你知道有个'外祖父悖论'……"老苏还没开口，他的助手沈非插嘴说："我是外行，您给讲讲。"白教授说："假如你坐上时间机器，回到几十年前，你外祖父和外祖母正在谈恋爱，如果你破坏了他们的恋爱，他们就不结婚，就不会有你妈，也就没有你，可你已经存在了。这就是'外祖父悖论'。"老苏一听，知道遇到了知音，十分兴奋，两人谈了一个多小时。

老苏决心把时间机器造出来，但既无时间，又无资金。不过，沈非有办法，他为老苏开了3个月病假，还施展外交手段，从一个大款顾老板那里弄到30万元的资助作为研制费。经过几个月的日夜奋战，时间机器造出来了。

这天要试机，来了许多人——马局长、顾老板、白教授及老苏的挚友高远。老苏今早特地刮了脸，由于紧张，把脸上刮破了两处。老苏先向大家介绍机器的原理："所有物质的运动都遵循一定的秩序，如果把这种秩序逆转，让物质逆向运动，就能实现我们说的'回到昨天'。今天就是做这种试验。"

试验开始，沈非抱起一只小猫，打开机盖丢进去，按下启动钮，机器转动。过了一会儿，机器停下，沈非掀开机盖——小猫不见了。

众人大为惊叹。马局长说："这是魔术嘛！"老苏说："它超越了时间，回到一年前了。我们再做一遍，这次用往返程序。"他在一个键上按了几下，过了一会，掀开机盖，小猫在里面了。

沈非说："下面是老苏做时间旅行。"老苏脱了衣服，钻进机器。"先做一次短的，回到昨天。"关上机盖，机器转动了。一会儿，机器停了，沈非打开盖，老苏在里边。大家问他看见了什么。老苏说："我回到昨天了，你们看，我早上刮破的那两处不见了。"

老苏决定再做一次试验，这次要加大跨度——100年。他把自己的笔记本交给挚友高远，就进了机器。机器急速转动，屋子里温度升高，良久，机器停了。沈非掀开机盖——老苏不见。高远说："完了。"大家忙问是怎么了。高远说："老苏回到了100年前，由于程序运行得太远，他回不来了。"众人都呆望着机器，为老苏惋惜。

白教授又向高远谈起"外祖父悖论"问题，高远解释："你在做时间旅行时，让整个世界返回了过去，可自己没有动，你是原有世界在反转之前的产物。在你破坏了婚姻之后，世界又按另一种'情节'运行了一次。这么说，历史是可以改变的？""当然，世界在生长，让它返老还童一次，再重新生长，里面就有无数偶然事件发生。"

《科幻世界》，1995年第3期，庄秀福改编

# 嬗 变

**绿 杨**

鲁文基教授在实验室做了一个实验：在一种元素的原子核里添进一个质子，使这种元素改变成别的元素。他的助手梅丽说："这种方法不新鲜了，美国盐湖城的丁洛晴博士发表过一篇论文……""那我们明天就飞洛杉矶，再乘车去盐湖城，同丁博士探讨。"

与此同时，洛杉矶警察局的会议室里灯火通明。局长说，据悉有个恐怖组织要在总统竞选演说那一天搞一次核爆炸，当量很小，主要是制造政治影响，大家要积极侦破此案。

鲁教授和梅丽在洛杉矶停留了一天，从租车场租了一辆摩托车，往盐湖城开去。行至半途，车子发生了故障，而四周一片荒凉，他们只得弃车步行。走了一阵，看到路旁停着一辆小货车，车门开着，车上无人。他们喊了一会儿，没人，便上了车，向盐湖城进发。

到了丁洛晴博士实验室，这时冲上来七八个警察，把他们押到了警察局。一名警察问他们是干什么的，车上装的是什么。鲁教授说他们是来找丁博士的，车是半道上捡的，不知车上有什么。警察见问不出什么，就把两人关押起来。4个小时后，克尔局长来了："警局正在搜查一枚小核弹和追捕运送引爆器的小货车，现在罪犯已抓到，说明与你们无关，十分抱歉。"

局长还说，刚才丁博士实验室发生了奇怪的爆炸，请鲁博士帮助搞清原因。一名警官介绍了当时的情况：杰西警官冲进实验室时，博士在摆弄仪器，见有人进来，马上去拉电闸，警官杰西正要阻止，这时圆桶响了一下，丁博士和杰西立刻变成石头人似的站着，遍体泛着银光。

鲁教授察看了现场，又翻阅了丁博士的工作记录，对局长说，纰漏出在警察身上。丁博士正在做实验，一名警察突然冲入，他一受惊，立即去拉电源，但警察已扑了上去，由于他的通话机开着，放射出的磁场破坏了正负电子的引力。原子核本来是带正电荷的，现在硬加进了负电荷，它就变成了反原子，这种实验的元素就成了反元素，或称反物质，正物质和反物质一接触，就发生湮灭，于是出现了爆炸。

"但他们怎么会变成银的呢？"

"人体的细胞也是各种元素构成的，湮灭释放出的能量和粒子流袭击人体的元素，使原子稳定性被破坏，发生了破裂或聚合，形成了另一种元素，于是两人就变成了银像。"梅丽补充解释。

"这种实验太可怕了。"局长嘘了一口气。

《科幻世界》，1995年第5期，庄秀福改编

# 情系反宇宙

## 绿　杨

鸟巢空间站发生了点小故障，返回地球检修，鲁文基教授和助手梅丽也回到地面休假。梅丽接受同学的邀请，到南极参加野营旅游，旅馆里只剩下鲁教授一人。

一日，鲁教授听到广播："本台记者发自奥克的报道称，由此飞往吉隆坡的罗马城堡客机，在途经澳大利亚上空时失踪。近来，类似事件一再发生，前天希望号机载C国总统从纽约飞往阿根廷，起飞23分钟后突然失去联系。令人不解的是，在同一时刻，该机坠

落在远隔3000千米外的西撒哈拉沙漠，乘员无一幸存。"

　　"这肯定是反引力在作怪。"教授自言自语道。他想起了几个月前亲身经历的一件事：鸟巢空间站返回地球补充物资，正向地球飞驶，突然发现它倒着向上退去，直冲天穹，一会儿一切又恢复了正常。通过空中网络校时，鸟巢的时间比地球慢了11秒钟。鲁教授认为，刚才鸟巢是陷进了反宇宙，受了反引力的影响。后来，鲁教授生病住院，因此没来得及对此进行深入研究。

　　"这种事应该能预报的，我要把预报方程式搞出来。"鲁教授决定利用休假时间，研究反宇宙问题。

　　经过近1个月的苦战，预报方程演算出来了。教授挑选了10件神秘的空难事故，将出事前72小时内发生的怪异现象换算成数字，输入电脑进行运算。结果，电脑对其中8件做出了预报，正确率达80%。而20%失误主要是因为提供给电脑的原始资料不够完整导致的，特别是缺少南极上空的观测数据。

　　鲁教授通过信息网络要南极的数据，南极方面的回答是，资料很多，尚未整理出来，请教授自己去看。鲁教授想到梅丽正在南极，就想让梅丽去查资料。但旅游公司说，旅游者是流动的，无法找到梅丽。

　　于是，教授决定自己到南极去一趟。在预定了去南极的飞机票后，他又坐在电脑前工作。他发现一个范围不大的引力场正在逼近本市，这将会引发空难事故。"必须向有关当局提出警告！但预报还有20%的失误率，万一虚惊一场怎么办？"最后，他决定到机场找老熟人谈谈。

　　到了机场，教授找到调度室余主任，讲了反引力预报的问题，并说："现在恐怕要出事，必须停止飞行活动。"余主任却犹豫不决。正在这时，机场上空的飞机在屏幕上失去了踪影，顿时机场上慌成一团。5分钟后，飞机又出现了，几架飞机都安全着陆了。飞机上的人都知道他们曾在这个世界上消失掉了，到反宇宙去转了一圈，而后又奇迹般地回来了。以前遇到这种情况的人可没这么幸运，他们都没能回来。

　　正巧，梅丽搭乘南极的航班今天回到了本市。见梅丽从机上下来，鲁教授迎了上去："下个月我也要到南极去查资料，你还得跟我走一遭。"

《科幻世界》，1995年第7期，庄秀福改编

# 消失了的银河

**绿 杨**

在1200千米高空运转的卫星城中有个"大块头实验室"。一天，实验室里那台直径50多米、高6米、长40米的庞大加速器不翼而飞了。

接到报告，实验室主任库珀和总统科技办公室的代表布鲁斯博士就赶来了。他们察看了现场，发现地上没有一点碎片，初步判断这不可能是爆炸。他们认为加速器被窃则更不可能了，因为40吨重的加速器比火车头还大，各部件的接合是拆不开的，根本无法出门。然而，加速器和值班者确确实实不见了。库珀认为，这是个纯理论问题，需要有极深奥的知识和非凡的想象力的人，才能做出解答。他想到了一个人——中国的鲁文基教授。

布鲁斯和库珀等来到鲁文基教授的住处。库珀遮遮掩掩地作了介绍。鲁教授从他的叙述中已猜到了大半的事实，便干脆地说："还是让我来讲吧。你们那套机器能捕获几千亿电子伏特的宇宙能，再经过加速器，它的能量就更大了。用这么大的能量去压缩一个铅球，不仅能把原子核压碎，而且足以压缩核里的中子和质子，把里头的夸克释放出来。你们的目的是获得自由夸克。"库珀说："一点儿也不错。'大块头实验室'的任务是为下世纪找到一种新能源。夸克能比核能大几百万倍，1克物质的夸克能相当于燃烧1亿加仑汽油的能量，而且无污染发生。"

鲁教授真心地说："这主意不错，你会成功的。"布鲁斯说："但现在加速器失踪了，我们来就是要寻求一个解释的。"

"我大概能提供这个理论上的解释，请你们等1个小时。"鲁教授走到里间用电脑进行推理验证。半个多小时后，教授出来，几个人围坐在一起。教授理了一下思路说："有一位年轻的朋友发现，200年来相当于一个银河系那么多的物质从我们的宇宙中消失了。我自己也发现一个黑洞离开了宇宙，但是我们的推理无法得到证实，因为我无法复制一个失踪的实验。不过，加速器的失踪为我提供了一个机会，成了我需要的复制模型。我认为，那天你们的设备捕获到了超乎寻常的宇宙线，至少达100亿亿电子伏特，这么大的能量突然加到一个铅球上，使它高度压缩，甚至达到中子星的密度。这股冲击力来得如此之快，如此之大，于是铅球最终被压成一个具有无限大质量的点，而后这个点开始膨胀……"

库珀惊叫："你是说诞生一个新宇宙？"鲁教授微微一笑："刚才我计算了一下，对铅球所加的压力，足以触发膨胀，形成一个新宇宙。这新宇宙和我们的宇宙不同，物理规律也不同，所以它不存在于这个世界之中。也正因为如此，它没有把整个实验室、整个地球席卷而去。但我们永远失去了这个球和它的能量。"

库珀问："我们的实验还有重新进行的价值吗？"鲁教授答："下次实验必须掌握轰击的强度。我想会成功的。""一切都明白了。谢谢鲁教授。"

《科幻世界》，1995年第12期，庄秀福改编

# 飞碟白梅花

## 马大勇

考古学家杨仪琴到松山镇寻访玉女祠，玉女祠在"文化大革命"中被破坏，现在只剩下几间破殿。在一位老道姑的指引下，杨仪琴看到了藏在夹墙中的一幅壁画，画上绘的竟是一只飞碟。

杨仪琴回到省城，向有关部门汇报了此次发现。她17岁的儿子星翼对飞碟画十分着迷，在一个星期天，独自去了松山镇。他看了壁画，心潮难平。走出玉女祠，在贩卖文物的地摊上，他看到一幅图：一个少女站在白梅花丛中，花丛深处有一只飞碟。他认为这是一幅有价值的古画，便以50元钱和一只价值300元的手表买下了这幅画。

星翼把少女画拿回家，杨仪琴看了也很高兴。一天，有两个人找上门来，说愿以10万元买下此画。杨仪琴断然拒绝，说这画是国宝，要献给国家。那两个人悻悻而去。

星翼感到此画不简单，其中定有奥秘。一天，星翼发现画中

少女活动了。他请少女有话就说。少女真的开口了："你是有缘人。你带着画到松山镇梅花峰的一个山洞中，一切疑问就都会有答案的。"

过了几天，星翼瞒着母亲，带着画来到松山镇，找到了那个山洞，走了进去。这时，画卷中冉冉腾起白色光雾，渐成人形，正是画中少女。星翼惊呆了："你是人吗？"少女说："我只是一团信息波，我本是外星人，家乡在天龙 α 星。α 星人同地球人十分相似。α 星正由一群野心勃勃的军人统治着，他们企图倚仗高科技统治宇宙。我和未婚夫嘉斯是反对派。一次，我外出进行地质考察，回来时我们的组织已遭到破坏，嘉斯下落不明。我的上司要抓我，我急忙驾了飞碟逃跑，不料钻入时空隧道，飞到了地球上空，降落到地面上。我才知道，当时是中国清朝康熙年间，我的飞碟被人当成飞龙。后来，我在玉女祠住了10年，一病不起。"

星翼听得呆了："你有什么未了之事？"少女说："我盼望能把我的遗体运回家乡。""好，我一定帮你。"

星翼回到家中，见门上有一把刀，刀上插着一封信："你老娘在我们手中，把画交出来，还你老娘！"星翼心跳如打鼓，怎么办？忽然，他脑中灵光一闪，他平时爱画画，前几天已临摹了一幅少女图，何不把它拿出来救母亲？

他正欲出门，上次要买画的人带着母亲来了。星翼把假画交给了他们，两人便走了。过了一会儿，有人敲门。星翼开门，见是一个青年，自称叫嘉斯。星翼给他看少女画，嘉斯立即说，这少女是他女友。他被 α 星的战争狂人关了300年，最近才获释，赶到地球上来找有他女友信息波的这幅画，要带回 α 星去，再用高技术复原她。

这时，绑架杨仪琴的那两个坏蛋又来了，原来，他们已发现拿去的是假画。一进门，他们抢了真画，驾车逃窜。嘉斯驾了飞碟去

追。两个坏蛋见有飞碟追来，慌乱中把车撞在山崖上，爆炸起火。嘉斯眼睁睁看着真画被大火吞没了。

当嘉斯离开地球时，星翼把临摹的少女画送给他作纪念。

《科幻世界》，1995年第6期，庄秀福改编

# 抢救大鲸鱼

## 孟建

小明每天晚上都要看电视新闻。这天晚上，他从国际新闻报道中看到在澳大利亚有几十条大鲸鱼集体上岸自杀，尽管人们用拖网把它们拖回了深海，但它们却仍游回岸边冲上浅滩。这对人们来说简直是个无法解释的谜。小明很想营救他们，但也想不出什么办法。忽然，他想起丑娃娃，那是外星人，有特异功能，可以和动物对话。于是，小明和丑娃娃商量如何去抢救大鲸鱼。澳大利亚离中国很远，但这难不倒他们，因为丑娃娃能飞行，他原来就像云朵一样飘忽不定。于是，丑娃娃让小明躺在自己身上，他们升上高空，向着远方飞去。他们飞过太平洋上空穿过菲律宾群岛、印度尼西亚群岛，很快就降落在四面环海的澳大利亚。

出事的海滩上真热闹，许多人被拦在警察拉起的护绳外，看着远处那些搁浅的巨大鲸鱼，许多电视摄像机正在抓拍这一罕见的场面。

小明向守卫的警察走去，说明自己是特意从中国赶来抢救大鲸鱼的，这个丑娃娃能和鲸鱼对话。可那警察就是不让他们进去，因为警察听不懂小明在说什么。后来，人群里走出一位中国老伯伯，他用英语向警察翻译了小明的话。立刻，警察和周围的人听了都吃惊地打量起小明来了。

正当小明急得抓耳挠腮时，丑娃娃通过小明手腕上的感应控制器和他对话了。他告诉小明这些鲸鱼虽然脑子重达1吨，可思维却特别迟钝，它们认准海流流向哪里，就认死往哪儿游，它们原应该往北游，但现在却相反地朝西南闯。现在必须尽快接近鲸鱼。一位老伯带着小明来到了抢救鲸鱼指挥中心，在那里汇集着来自世界各地的生物学家。他们也急得束手无策，因为好几条大鲸鱼已死掉，剩下的正奄奄一息。指挥中心派出一架直升机带着小明和丑娃娃来到搁浅的鲸鱼群上空，丑娃娃用那双小红眼睛向鲸鱼发出了交流信号。小明手腕上的感应控制器也接到了丑娃娃传来的信息，知道丑娃娃已告诉鲸鱼，前面有危险，必须往回游。说也奇怪，只见那条大鲸鱼晃动着笨重的身躯，扭头游向深海，还不时发出巨大的吼声和喷水声。不一会儿，周围几条鲸鱼也摇头摆尾地跟上去。指挥中心的人看到这一奇迹都欢呼了起来，并立刻组织人员将所有上岸的鲸鱼拖入海里。接着，小明借助于麦克风发出刺耳的类似鲸鱼的阵阵叫声，鲸鱼们听了掉头急急地冲向深海。当直升机载着小明和丑娃娃回到海滩时，人们立即欢呼了起来。

小明回答了人们提出的大鲸鱼为什么集体自杀的疑问，并解释说鲸鱼总是随着深海的暖流漂流迁移。一位大气环境专家又补充解释，说这几年由于森林大火、海湾战争和工业废气的污染，地球的臭氧层受到严重破坏，加上太阳黑子爆炸的辐射作用，使地球变暖，大海水温升高，两极冰川大量融化，使原来有规律的定向海流流向发生紊乱，误导了鲸鱼，造成鲸鱼集体上岸"自杀"。所以，要对人们提出警告，人类必须重视保护生存环境，否则就等于毁灭地球。

一位华语卫星电视台的记者让小明通过摄像机向爸妈说几句话。小明高兴极了，告诉爸爸妈妈，他是为了抢救鲸鱼不辞而别的。现在已把鲸鱼抢救回来了，他为祖国立了功，争了光，不久就

会回到他们身边的。

几天后，小明在大使馆阿姨的陪同下，乘飞机向北京飞去。坐在机舱里，望着窗外变幻的美景，小明兴奋极了。没想到，身旁的丑娃娃竟然睡着了。

《最新儿童科幻故事60篇》，河北科学技术出版社，
1995年8月，李新改编

# 仙女山顶的鬼市

## 潘家铮

星期天是方莺曾的生日。前一天晚上，哥哥方绍曾博士把一台超全息摄像机作为生日礼物送给了妹妹，还专门作了一番介绍："普通的照相机、摄像机只能摄取物体的外形，仅仅利用了最表层和极稀少的一点信息。现在市场上卖的全息照相机，实际上也只拍摄了很少部分信息。可这台超全息机不同，它能感受和记录物体所发射的全部信息，还能根据需要提供种种资料，甚至可以把录像片上的任何部位进行几乎是无限的放大。"

星期天天还没亮透，莺曾就兴冲冲地拷上摄像机赶到学校，与4位女同学汇合，一同去仙女山顶拍日出了。然而，天有不测风云，一瞬间，山上大雾弥漫，她们连太阳影子也没见到，却意外地看见了海市蜃楼。

回家后，绍曾对妹妹她们见到了海市蜃楼的事表示怀疑。为了说服绍曾，当天晚上他们一起观看了这次拍摄的"海市蜃楼"的录像片。屏幕上首先出现的是一团模糊的云雾。很快云雾中出现了一条又宽又长的大道。大道上人来人往，马队穿梭，好生混乱。在一座亭子似的建筑周围，聚集着一大堆人影。中间有个站得特别高的

人，似乎在发号施令……令人不解的是，这些人穿的、拿的全是千年以前的东西！看来莺曾她们摄下的镜头，并不是海市蜃楼，而是"鬼市"！

这究竟是怎么回事呢？绍曾把自己关在一间密室中对此进行悉心研究。8天以后，他乐呵呵地向莺曾宣布，"鬼市"之谜已经解开了。

第二天晚上，姑娘们在莺曾家聚会，要绍曾公布他的谜底。

绍曾从抽屉中拿出几张极其清晰的彩照，介绍说："这是从录像带中提炼出来的，因为超全息摄像机和录像带，保留了全部信息。在电视屏幕上放映时虽然模糊，其实，每一微粒上的信息，比如感光强度，还是有微细差别的。我在提炼它们时，只要把'对比度'调大一些，模糊的形象就变得一清二楚了。"

"相片上那么多人，原来都是戴盔披甲的武士！"莺曾说。

"你们看这张，墙上还贴着告示。来，用放大镜读读看。"

"上面留着年月呢。"莺曾兴奋地叫着，"建安十三年，是东汉末代皇帝汉献帝的年号！"

"不错，你们在别的照片上，还可以看到荆州、当阳等字样。看来，这可能是发生在东汉末期，也就是《三国演义》中记述的当阳战役的片断。"

"哥，如果这真是三国时当阳战役的片断，也就是发生在1800年前的事，又怎么穿过时空的限制，重现在仙女山顶呢？"

"问得好！"绍曾赞许地看着莺曾，又转向姑娘们，"我们不妨设想，当年刘、曹在当阳大战，现场光波射向宇宙，碰上了一面奇特的'镜子'，它把光波反射回地球，恰巧射到仙女山顶，以云雾为屏幕，这些景象就重现了。如果真有这面'镜子'，大家再想想，它可能在什么地方？"

"它一定位于距我们900光年的地方！"莺曾惊喜地尖叫道，

"光线一去一回，正好1800年！"

绍曾高兴地连连点头："确定了'镜子'离我们的距离，下一步就要确定它的方位。根据地球在宇宙中的位置和运行规律，可以推算出这面'镜子'位于北极星座附近。我们用'中华号宇宙射电望远镜'向预定空间探测，结果在那个位置发现了一颗迄今未知的奇特星球！它的体积很小，而密度极大，能把向它发射的光波凝聚起来，并能定向反射出去，还不减弱其强度。它是由类似金刚钻的物质构成的，我称它为钻石星。它的直径很小，仅10千米，表面呈多棱形状，有一块棱面一直朝向地球。"

望着神情激动的姑娘们，绍曾继续说道："你们注意到没有，录像带的画面都在连续缓慢地移动。这是由于地球和钻石星之间存在相对运动。我们已掌握了地球在宇宙中的位置和运动规律，就可根据镜头中逐渐变化的情况，倒推出钻石星的运动规律。弄清两个星球的运动规律，又有了'仙女山顶事件'这个'初始点'，我们就可以推算出钻石星还能把什么时候发生的什么事，反射到地球表面的什么部位，以便到那个部位去接收信息。"

"呵，太妙了！"姑娘们异口同声地说。

"事情还不仅如此。"绍曾思索着说，"宇宙间不可能只存在这颗独一无二的钻石星。它也许是宇宙大爆炸的产物，可能无穷无尽地分布在宇宙各处，只是没被我们察觉而已。我们可以把这些'天镜'一一找到，并加以利用。"

"多神奇啊！"莺曾激动地说，"哥，毕业后我要跟你一起研究自然，去寻找那些'天镜'！"

《少年科学画报》，1995年第2期、第3期，肖明改编

# 下雪的故事

### 裴晓庆

她又在七号桌吃饭了，她今天仍是那么美。自从1个月前见到她的那一刻，陈青就感到自己像被雷电击中了似的。每隔几天，她身边的男子就会陪她来这餐厅吃饭。陈青想接近她，虽然都是中国人，但地位悬殊，陈青怕遭冷遇。

陈青端着雪利酒走向七号桌，听到姑娘在说："每当下雪时，我和妹妹就在雪地上放鞭炮，高兴极了。每年的除夕都会下雪。"那男人问："雪是什么样的？"陈青忍不住插了一句："我见过雪……"

"没你的事，忙你的去吧。"那男人瞪了陈青一眼。陈青听到她继续说："后天是除夕，也是我的生日，要能下雪多好啊！"

陈青下了班，冲进图书馆，找到一盘题为《大自然的雨和雪》的软盘。据软盘资料的介绍，陈青了解到：2081年，地球开始实施"劳森计划"，两年后开始了"季节统一化"。劳森认为，由于冬夏对人类的健康以及农作物的生长有不同程度的危害，因而他倡议在大气对流层中建立调节系统，利用外层空间的卫星进行控制。这个系统调节了云层的密度、温度，均衡了气候差，除南北极圈地区外，全球消除了冬天和夏天，也就是说天不下雪了。

陈青找到朋友本，说："我爱上了一个姑娘，要为她在后天下一次雪，请你帮忙。"陈青自己负责造一个动力场，可以干扰卫星，让"劳森调节系统"出现漏洞，他要求本负责制造一个动力源。说完，两人分头行动起来。

到了第三天晚上，那男人陪着姑娘又到了陈青打工的餐厅。这次是她的公司为她举办一个生日晚会，但她一点儿也高兴不起来。

"小姐，你的香槟。"陈青把酒递给姑娘。姑娘一看，他就是前天提到"雪"的青年。她忽然冒出一个念头，"你知道这儿有侧门吗？""有。""我想出去走走，这儿太无聊了。"

陈青领姑娘穿过几个小门，走到了街上。只见周围的树林、草地、池塘、围墙都是白的，天空中还飘舞着雪花。"啊！下雪了。"姑娘兴奋地叫起来，"明天就是中国的新年，我20岁。""祝你生日快乐！"

雪还在下。在公元2095年，欧洲的一个小小的公园里，陈青和那姑娘在打雪仗……

《科幻世界》，1995年第11期，庄秀福改编

# 迷人的黄金藻

## 桑 榆

陶天杰和同班同学罗玉，来到了梦寐以求的金藻海沟。两年前，陶天杰的父亲、M国海军大校陶良梓，为了工作离开了家。如今，陶天杰在《科学导报》的一则报道中，揣摸到了父亲的行踪：他们通过基因培植、功能强化，经过无数次失败，终于培育出一种能吸取海水中金原子的海藻——黄金藻，开创了人类生物冶金的先河！

陶天杰和罗玉匍匐在一块突兀的珊瑚石上，"凌空"眺望壮观的金藻塬：整个海沟里一片嫩绿泛金，一簇簇海藻棵子里开满了数不清的紫红色金藻花，一个个花穗向上挺出金塔形的尖顶。丰收在即的金藻海沟，奠定了M国海洋采金的生产基础。

突然，传来一串厚重的轰鸣声。近百尾与海中魔王鱼——鲻鲼有些相仿的怪鱼，从海洋边际蝗虫般地飞驶过来。它们分毫不差地在金藻塬上空排列成棋格方阵。接着，鱼肚子里灯光骤亮，腹部下面垂下一架架锋利的刀刃。当这些刀刃触及金海藻的塔形花伞时，刀盘一起旋转起来。一丛丛黄金藻被切得粉碎，接着藻粉流水般被吸进贮货舱。

啊，这是N国的割藻飞艇，一群外国窃贼！陶天杰和罗玉愤怒了，他们挥拳抗议。"怪鱼们"很快发现了他们。就在飞艇摆开阵势正要向两个孩子俯冲过来时，金藻塬上上百盏水下警灯"哗"地一下子把整个海底照得通明，上百支警笛也同时吼叫起来。一见情况不妙，全体割藻飞艇顿时作鸟兽散。陶天杰和罗玉掏出防身的激光枪想击穿割藻飞艇，却不料被飞艇撒下的水色钢网网住，成了

"阶下囚"。

不一会儿，各飞艇四周围满了海鸟。这是M国研制的高科技成果——微型机器海鸟。它们的脑颅里有水下谍报探测器，肚子里有遥控中子炸弹。更绝的是它们的吸盘嘴巴，一旦扎紧目标便很难被摆脱掉。这些机器海鸟一边飞翔，一边"叽叽喳喳"地叫个不停。

忽然，驾驶舱里响起一个洪亮的声音："宇星教授，你怎么能做出偷鸡摸狗的勾当？你忘了自己是闻名遐迩的海洋学家？""可我还是N国领海的司令官。"盗贼头子宇星着急地命令："所有飞艇全速撤退！"

"老实告诉你，通往N国的航道已被全部截断，你们每一只飞艇少说也被钉上了100只带有70吨TNT炸药的机器海鸟。"话音刚落，宇星面前的一溜电视屏幕上亮出M国海军大校陶良梓的面孔。

一场生死大搏斗开始了。屏幕上现出几十条大章鱼，这些仿生章鱼挥舞着胳膊似的触角，翻动着土黄色的身子，闪动着火红的眼睛，疯狂地向机器海鸟扑去。海鸟哪是章鱼的对手，一转眼全被吸进了大章鱼的合金钢肚子里。

"嘿，陶良梓，这一手叫大章鱼吞小鸟，懂吗？"宇星狂妄得忘乎所以。正在这时，飞艇外响起一连串滚滚闷雷，一条条大章鱼被炸得七零八落。陶天杰和罗玉的脚下，艇身裂开一条条纹路，海水涓涓地向里倒灌。

原来是浓缩的原子炸药崩死了章鱼，强磁冲击波炸伤了飞艇。冲击波恰到好处，把两个小孩震倒在地。几乎同时，看守着两个孩子的机器人士兵也一个个横躺在了地上。大概是它们脑壳中、心脏里的电路被震散了架。

机不可失，陶天杰和罗玉挣掉绑绳，一人操起一柄激光冲锋枪，对准舱壁一阵扫射。意外的后院起火，使N国司令彻底泄了气："陶良梓，你千万别让毛头孩子毛手毛脚地伤害了我。我们投降。"

"宇星，我们并不想置你们于死地。第一，马上放了孩子们；第二，把黄金藻一根不留地交还我们；第三，在今年的国际海洋金资源开发年会上，作出公开检讨，保证不再重犯！"

陶天杰终于见到了分别已久的爸爸。他们注视着N国飞艇那装满黄金藻的贮货舱，一个接一个与飞艇主体脱离开来。护卫艇来了，驱逐舰来了……更多的是运输潜艇。

冶金啰！把失而复得的黄金藻送往冶金厂。大伙儿兴高采烈地议论道："这回运输黄金藻，不必收割装箱啦！""应该给宇星记一'功'，他帮了大忙了。"

《少年科学画报》，1995年第5~6期，肖明改编

# 相会天豚船

## 桑 榆

季顷船长在茫茫太空寻觅了很久，终于收到了天豚星人发来的信号："我是天豚星人。"经宇航局批准，季顷和卢刚驾驶"海琴"号飞船以亚光速向 a 星云天豚星飞去。

经过艰难的航行，"海琴"号接近了天豚星。在飞船监控电视上出现了一艘玫瑰型飞船，船上有个绿色的外星人，他竟叫出了季顷的名字。季顷十分惊异，问他是什么人。那外星人说："我是曾经救了你舅父性命的外星人的孩子——昊。"季顷想起来了，他舅父徐大鹏曾对他讲过，一次舅父与一群科学家去耶巴河考察，遭遇了野狼群。在危急关头，一个七八十厘米高的野孩子从半空中跳下，从身上背的"弹药袋"里掏出一簇银针，射杀了那群野狼。"啊，微型定向能武器。不是野人，是外星人！"科学家们惊得目

瞪口呆。有个南美科学家在慌乱中枪支走火，子弹射中外星人的肩胛，外星人含恨飞走了。

昊船长说："季先生，请随我来。"季顷高兴地驾着飞船跟在天豚飞船之后。不料飞到中途，天豚飞船却不见了，海琴号则像一枚炸弹向一颗行星撞去。季顷急忙打开天文红外摄像仪，对准行星扫描，竟然是颗有巨大引力的白矮星。季顷急忙掉转航向，总算没撞上去。

卢刚气愤地叫道："天豚星人，为什么要捉弄我们？"季顷说："准备战斗。天豚星人刚才发射的'绿光蜃景幻影'迷惑了我们。"他的话音刚落，几百枚"人形炸弹"朝海琴号飞来。季顷镇定自若，发射定向爆破炸弹，将"人形炸弹"全部引爆。

季顷拿起超远程对讲机责问："昊船长，我们诚心与你们交朋友，你为何要置我们于死地？"昊回答："季顷，那年我父亲救了你们地球科学家，但却中了冷枪。这种忘恩负义的举动，难道你忘了吗？"

季顷向昊反复解释，那纯粹是一场误会。精诚所至，天豚船长终于被感动了，表示愿化干戈为玉帛。

昊船长提出，在天豚宇航线上有10座年久失修的太空站成了隐患，请季顷帮助排除。季顷愉快地答应了。他让卢刚启动"应急船"，射出100台螳螂形废站清除器。一瞬间，那些"螳螂"浑身膨胀起来，变得有恐龙般大小，它们挥舞削铁如泥的刀臂，在空中跳动。

季顷说："昊船长，用上这些器械，一定能把报废的太空站清除掉。"昊感动地说："呵，地球人了不起！你们是可以信赖的朋友！"昊船长马上命令助手"减速、降落、会合"。3分钟后，天豚飞船停泊在海琴号旁边。

《少年科学》，1995年第11期，庄秀福改编

## "幽灵"列车

### 苏晓苑

在成都有家南桥商场，每当阴云密布的天气，总有一片车厢状的阴影从商场上空一掠而过，并伴随着一阵隆隆的响声。人们说这

是"幽灵"列车。一次偶然的机会，我遇到了幽灵列车上的人。

那是个阴天，我走进南桥商场附近的河边公园等女友小兰。忽然，我听到女人的呻吟声，循声找去，看见树下半躺着一个姑娘。"请救救我，给我充电。"她用手指着路灯。见我不明白，她又说："把线扯断，线头对着我。"我一咬牙，扯断电线，把线头对准她，片刻之后，天空大亮，姑娘慢慢站了起来。

我问："你是外星人？"她说："不，我来自未来，是公元40世纪的人。我叫玉琢。"她要求我把她藏起来。我住的是集体宿舍，同室的人已出差，我只有把她带回宿舍。一回到宿舍，女友小兰竟候在门口，见我带着个姑娘，便要发作。我向小兰说明了玉琢的来历，小兰十分好奇，把手伸过去想摸摸她，却不料，小兰的手从玉琢的前胸进，又从玉琢的背后钻了出来。

小兰惊讶极了："玉琢，你们未来人是空的？""不，我们也有血肉之躯。但是要作时间旅行，必须用超光速的超光承载，在身体内安置一块特殊的能量块N极块，于是人体就离子化，超光就能承载得起。但我出来时走得匆忙，错装了一块N极块，它的能量不够，所以我才会瘫倒在地上。"

第二天一下班，我回到宿舍，小兰已到了，她跑上来吻了我一下。玉琢问这是不是叫恋爱，我说是。我问未来人是怎样恋爱的，玉琢说，未来人没这么麻烦，把各人的性格指数输入电脑，找出相配的，就可结合了。我给玉琢吃面包，她说未来人不吃食品，只要充电就行了。我们问她怎么回去，她说，去宋朝的车返回时，会来接她的。但她现在的能量不足了。

我指着电源插座："不是有这个吗？""电压太低，只能维持存在，我要的是能重新回到未来的能量。"于是，我和小兰把玉琢领到郊外的高压线下，玉琢试了一下，电压还是不够。

几天过去了，玉琢变得很憔悴。小兰触摸她，已能感觉到她的

存在，但玉琢不安地说："这表明，离子化在加速消失，我的血肉之躯在加速恢复。但由于我不属于这个时空，时空的转换将令我灰飞烟灭。"我们为她难过，但爱莫能助。

一天，我们在闲聊，玉琢在空气中嗅着，张望着："我感觉到了超光在空气中的奔流，去宋朝的那辆车快来了。"我和小兰带着玉琢赶到南桥商场。天阴了下来，我们看到"幽灵"列车从乌云的空隙间一闪而过。也就在那一刻，玉琢消失了，好像她也从来未曾出现过。

《科幻世界》，1995年第9期，庄秀福改编

# 远古的星辰

### 苏学军

## 上 篇

秦楚两国交战。第一次决战是在丹阳，楚国大败。8万名楚军被俘，秦军竟将其全部斩首。消息传出，楚国举国震惊。

楚王第二次征兵伐秦，凡16岁至60岁的男子都要入伍，赤比也被征召。他是楚国铸剑名家，还懂得天文，因博学，被推为铁宁营的首领。铁宁营的士卒大都出自金属铸造世家，主要承担整修兵器的任务。

秦楚两军交战，一直杀到黄昏，数万名士兵拥挤在一起疯狂地厮杀着。这时，一颗巨大的火球自东南飞来，瞬间便降落到了战场。火焰消散，其核心是一个纺梭状的物体。

两国士兵都不觉停止了搏斗，大家以为是神仙降临，士兵们纷纷跪倒。赤比站在士兵当中，仔细观察那物体，用手中的剑柄轻轻触击，是金属。过了一会儿，赤比看见那物体中下来一个人，他浑身裹着一层荧绿的鳞甲，手持一把紫色的光剑。

赤比问他："你从哪里来？"那人手指遥远的夜空。"乘着它……飞来？"赤比指着金属物体问。那人点点头。

## 下 篇

我也不知道在哪儿，飞船的四台发动机损坏了两台，我自己也受了伤。

面对眼前这个原始人，我才意识到我跨越的不是空间，而是时间，我似乎回到了2.1万年之前。

我来自火星，当前火星与地球正在大战。我奉命驾着飞船到了地球，飞船上装满了定时爆炸的核弹，其威力可使地球毁灭1000次。

火星人是地球人的后裔。1万多年前，人类登上了火星，花了整整4000年时间，几乎耗费了人类的全部财富，把火星改成人类能够生存的星球。仅仅100年，拥有1000万移民的火星在经济领域超越了地球。后来，火星政权落入自我发展意识极强的新一代人手中，在他们眼里，地球已成为火星发展的严重障碍。火星开始发展自己的军事力量，不过几十年，火星的军事力量已可与地球抗衡，于是与地球分庭抗礼。自此以后，火星与地球不断开战。目前的大战是两个星球之间生或死的最后一次决战。

那原始人来扶我，我俩交谈了起来，知道他叫赤比，会炼铁铸剑。这时，我想起了我的飞船，离核弹爆炸时间只有二十几个小时了。我请赤比帮助修复飞船破裂的蒙皮，他爽快地答应了。他召来了几百名工匠，架上炉火，修复工作很快开始。到拂晓时分，飞船被修复完毕。我走到赤比面前，把光剑送给他做纪念。

飞船腾空而起，我随它消失在宇宙深处。

《科幻世界》，1995年第4期，庄秀福改编

# 黎　明

## 苏学军

成文老人用了午餐后，用脑波操作电脑写了一封信。他把信装入口袋中，然后打开了电视机。电视台正播放着一则令全球震惊的新闻：

"本台消息：今晨，一个自称'自由人解放阵线'的组织说他们已在小行星上放置了一枚原子弹，要求国际社会释放该组织不久前入狱的领袖尼雅。如果在10个小时之内得不到满意的答复，他们将引爆这枚核弹。"

成文老人感到震惊：这些人真是疯了！

电视台以闪电般的速度报道"核讹诈事件"的各种信息，全球安全部长说，恐怖组织不大可能有核武器。但过了不久，全球首脑委员会发言人又说，各种确凿证据表明，恐怖分子确实制造了一枚核弹。

老人感到呼吸困难，心脏病又发作了，智能诊疗机立刻察觉到老人的发病，及时给他注射了强心针。

电视台继续播着："众所周知，39年前人类俘获了'迎莉7号'

小行星，将它改造成为地球的第二颗卫星，并且在上面建立了星际城市。如果核弹爆炸，炸毁小行星，它就会坠入大气层与地球相撞，所有人将无可幸免。"

成文老人坐在电视机前一动也不动。恐怖组织要求的10个小时期限已过，爆炸随时可能发生。老人拿出他刚才写的信："敏，你好！ATS材料终于研制成功了。它质量小，强度高，可以造飞船外壳……"敏是老人的亡妻，对亡妻的思念是老人的精神支柱。他全身心地投入ATS的研究，在"晨星宇航公司"的资助下，ATS终于研制成功，而现在一切都将完了。

已到了深夜，屏幕上出现了一个熟悉的面孔："我代表'自由人解放阵线'告诉大家，我们组织拥有最杰出的人才。我们的队员潜入海底，拆卸了沉没的核潜艇，获得了足够的钚239。我们杰出的科学家发明了最先进的ATS材料，以其作外壳的原子弹轻易地躲过了层层检查。我们是战无不胜的。"

老人认出这人就是"晨星宇航公司"的总裁。老人气愤极了，他毕生的心血竟然换来了人类的灾难。

黎明时，屏幕上出现了节目主持人的身影："本台最新消息：今天凌晨5时整，全球反恐怖部队突袭了'自由人解放阵线'。恐怖分子在绝望中引爆了两枚核弹，但没有引起核爆炸，恐怖分子全部落网。至此，这场严重的核危机才算过去了。"

没有人知道，是成文老人在ATS材料设计中的一点错误使核弹的外壳强度不够，导致化学爆炸未能将中子加速到足以令钚239产生裂变的速度，从而挽救了人类的命运。

《科幻世界》，1995年第11期，庄秀福改编

# 追捕梦盗

### 苏永智

维诺警长刚踏进办公室，警士马上向他报告：公交司机娇娇小姐、码码统计师、哈维教授都来报案。以前，他们都有梦，而且梦中的灵感对各自的工作都有启示。最近，这些梦都不约而同地消失了。

警长认为是盗贼盗窃了他们的梦。于是，他命令在这些人的卧室里，放上先进的探测仪器，试图抓到盗梦者。但是，探测结果表明，这些人睡觉时都处在慢波状态，无梦。

天放亮了，警长敲开哈维教授的门，亮出了自己的证件。他发现教授用的是W保健用品公司赠送的药枕。接着，他又走访了其他几位失梦者，发现他们也同样是用了这样的药枕。

傍晚，警长又来到哈维教授家，借走了教授的药枕，并于1小时后送回。两天后，警长接到教授的电话，得知W公司已将教授的药枕收回，并要再次调换新药芯。于是，警长当即来到位于W公司的监听点，在那里果真监听到了这样的信息："总裁，这是上次哈维用过的枕芯。""取出光盘，马上处理。"

W公司的总裁被叫到警察局审讯室，在铁的证据面前，他终于坦白了盗梦的计划。原来，他们在药枕中隐藏了超微型摄梦系统，通过回收枕芯盗窃科技精英的思维灵感。但是，在这个系统刚推出时，却忽视了做梦者的主体，使很多人发觉失去了梦。

审讯一结束，警长再次来到教授家，并向教授介绍了破案的情况。警长向教授说，那天他们在借走的药枕里安装了微型窃听器，才获取了W公司盗取梦资源的证据。

哈维教授说："梦是一项尚未开发的重要资源，其潜在价值，是无法用别的资源替代的。"

此时，维诺警长终于明白了W公司向科学家赠送药枕的罪恶用心。

《我们爱科学》，1995年第10期，爽爽改编

# K星的灾难

### 孙幼忱

北方的夏夜，凉风飒飒。一只飞碟降落在一片菜园里。人们正在酣睡，谁也没想到外星人会到了这里。菜园里，两只大老鼠带着十几只小老鼠钻出洞来，寻找食物。

飞碟里宽敞明亮，两个身材高大的男人在工作，一个人叫克尔。监视器发现了老鼠，并自动进行跟踪。过了一会儿，飞碟里伸出一只机械手，手里擎着一张网，把老鼠一家罩在网里，捉上飞碟。

飞碟在地球的任务完成了，便起航返回K星。途中要花一个月，在这段时间里，小老鼠长大了，长大的老鼠又生了一窝小老鼠。飞碟回到了K星，克尔一下飞碟，就拎着鼠笼到女友来丽家中，送给来丽。来丽一见特别高兴。

来丽家有"地球鼠"的消息不胫而走，人们纷纷前来观看这种奇特的小动物。有一个头脑灵活的商人见此情景，便想出了一个生财之道。他出高价向来丽买了一对地球鼠，在繁华的地段修了一个大展览厅，展出"地球鼠"，让人买票参观，发了一笔大财。

别的人见这商人成了暴发户，便学他的样子，纷纷办起了地球鼠展览馆、巡回展出队、杂技团、明星之家……K星人的好奇心比地球人强得多，地球鼠很快被运到了K星各地。

克尔和来丽结婚了。在婚礼上，地球鼠被摆放在客厅的中央，

客人们都赞叹老鼠的可爱。

　　婚后不久，来丽发现家中的地球鼠越来越多，花园很快被鼠笼塞满了。最后，来丽失去耐心，她把鼠笼打开，任那些小动物自由觅食、自由活动。

　　日子过得很快，来丽渐渐发现情况不太妙，园子里的花草被老鼠啃坏，家具、衣服被老鼠咬出洞，她心爱的竖琴也被咬坏了。来丽要打老鼠，它们却溜得无影无踪。

　　来丽家出现的情况，很快就在K星球到处都发生了。几乎天天都能听到这类消息：某大桥被老鼠钻了许多洞，当汽车从桥上开过的时候，桥一下子塌了；一所木结构房屋被老鼠咬坏了；小孩被老

鼠咬伤……

直到此刻，K星人才意识到，"地球鼠"由于在K星没有天敌，已经泛滥成灾。怎么办呢？经过研究，专家们提出在K星引入老鼠的天敌。至于老鼠的天敌一旦在K星泛滥，又该怎么办，专家们却顾不上论证了。他们催克尔快快动身。

就这样，克尔匆匆乘飞碟直奔地球而去。

《少年科学》，1995年第12期，庄秀福改编

# 后门软件

## 涂 军

由于后门，该死的后门，使我这个三好生高考落榜，求职无门。我一冲动，跳到了河里。当刺骨的河水淹没了我的嘴唇，我猛地一激灵：难道我的一生就这样无声无息地完了么？既然后门观念已根深蒂固，我为什么不利用自己的计算机特长，开发一种成功指路的后门软件呢？绝望中的我看到了一线希望，赶紧爬到了岸上。

我用父母准备给我上学的钱，买了一台旧式PC电脑和几十箱方便面。万事开头难，我尝试了几十种语言，都没有一点儿进展。几天之后，才有了点儿眉目，又经过九九八十一天的苦战，后门软件终于开发成功。

"快找个工作试试看！"我对自己说。电脑问："后门类型？后门级别？备注？"我迅速回答："工作，市级，金融。"电脑迅即指示："今天晚上9点钟到天堂路十字路口，准没错。"

到那儿去干什么？我感到很纳闷，但还是按时去了。一到天堂路十字路口，见一老奶奶被汽车撞倒在地上，我赶紧把她送到医院抢救。没多久，老奶奶的儿子来了，他向我表示感谢。他递给我一

张金属名片。我一看，哇！原来他是市建设银行行长程事天。程行长问我在何处工作。我说，高中毕业在家待业。程行长就让我明天去建设银行找投资部杨经理。程行长的一句话就把我的工作问题解决了。

这之后，我一路顺风，由普通职员一直升到投资部主任。日月如梭，转眼我到了而立之年，想自己去闯一番事业，便离开了建行。经后门软件的指点，我的"TJ信托投资公司"顺利开张，公司上市的股票被哄抢一空，公司业务蒸蒸日上，很快在全国各地成立了子公司。

一日，我收到了许多子公司的亏损报告，感到不解，立即用中心电脑查询了子公司的人事档案。天哪！后门都开到了我的公司，你看吧：财政部长把弱智的儿子安插到了南戴河子公司的董事长办公室；外贸部长80岁的老爸稳坐秦始皇子公司的经理宝座；程行长的老妈出任九寨沟子公司旅游团团长……

我颓丧地回到我那台旧式电脑前，启动后门软件，用键盘输入："请求关锁后门。"但屏幕上只是一片空白。后来，我急中生智，通过广告向全国推销后门软件，使人们疯狂抢购它。

一年过去了，《权威日报》某日刊出头条新闻："惊呼后门不复存在，喜叹前门大学爆满。"你们一定明白是怎么回事了：因后门软件给人们提供了公平竞争的机会，其实就无所谓后门了。后门软件最终完成了它的历史使命，逐渐被人们淡忘。

《科幻世界》，1995年第1期，庄秀福改编

# 时间放大器

### 王茨安　于雅君

《时报》用寥寥数语报道了一则消息：失踪两年的世界著名物理学家华莱士·詹姆斯教授，在他隐居的实验室中发生的一次爆炸事故中死去。这是一件谋杀案，凶手是美国M理工学院一名叫本的年轻人，警方正在追捕他。

"扯淡，这些流氓！"本在心里咒骂。他化了妆，登上了去香港的飞机。飞机起飞后，本闭上眼睛，这两天发生的事情，好像放电影一样一幕幕浮现在眼前。

5天前，本写完了那篇关于相对论的论文，如果华莱士·詹姆斯教授还活着，本可以征求他的意见，可惜他已经失踪两年了。本利用假期到荷兰旅游。这天，本到海边散步，不觉走到一座古堡前，抬头一看，看见四楼窗口站着一位白发老人。"是华莱士·詹姆斯教授！"本不由得叫了一声。过了一会儿，老人出来，他把本领入了古堡。

本问教授是怎么到这儿的，教授说灾难缘于他的发明。经过多年研究，教授发明了时间放大器。他先用老鼠做试验，用放大器照射老鼠，仅半秒钟，幼鼠便完成了长大、衰老、死亡的全过程。后来，教授把放大器搬到田野，地里的麦苗才两三厘米高，不到1秒钟，1平方米的小麦便长高抽穗。教授的助手把此事捅给了在国防部的叔叔，灾难就来了。国防部来了一名官员，要教授为军方试验武器，被他拒绝了。之后不断有人来纠缠。教授无奈，只得拆毁了放大器，逃到荷兰隐居起来。

本问："现在没有人知道您在这儿？"教授说："除了佣人哑巴哈里之外，无人知道。在这两年里，我完善了放大器，1秒钟可

放大为1小时，甚至50年。"本参观了古堡中的实验室，其中的设备极为先进。

本离开古堡，回到旅馆，却怎么也睡不着，他总感到有什么不妥。经他机智查询，很快弄清了这古堡是政府出资改造的。于是，他赶到古堡找教授，指出教授现在实际上是在为政府服务，教授不大相信。这时，佣人哈里出现了，哑巴哈里突然开口："教授，我们还是继续合作吧！"教授知道自己受骗了，勃然大怒。争斗中，哈里把教授击昏，本又把哈里打死了。教授醒来后，要本找出炸药，把古堡和他一起炸毁。

外面传来喊声："里边的人快出来！我们是警察。"教授说："本，去教训他们，就像这样。"教授把放大器对准自己，按动红钮，教授瞬间便倒下了，脸上布满了皱纹，但没有痛苦，可怜的教授用自己的发明结束了自己。

外面又传来了喊声。本愤怒地拿起放大器，对准楼下的警察连连按动红钮，只十几秒钟，那些警察全成了老态龙钟的老人，扔下了手中的武器。本把放大器砸烂，找来炸药，把所有资料放在炸药上，用一桶汽油倒出一条油路，然后跑出古堡，把一个个老人拖离了现场，并点燃了汽油，一声巨响，火光冲天。

在一位朋友的帮助下，本逃离了荷兰……

《科幻世界》，1995年第4期，庄秀福改编

# 绿色的幻想

## 王华明

地球上充满绿色，那是很久很久以前的事了。直到有一天，地球上的绿色被灰色和黑色取代了。地球人后悔了，想追回绿色，派出成千上万艘宇宙飞船飞向太空各个方向，试图寻找一个绿色的、可以让人类栖息的星球，然后进行大规模的移民。但都毫无结果。

又一艘飞船出发去寻找绿色了。他们整整飞行了2000光年，一路上经过上千个星球，可是那里带给他们的只是失望。他们发现，环境污染和生态平衡被破坏好像已成了宇宙的通病。他们沿途经过的星球，十有八九也都是充满了浓烟、污水和有毒的气体。一路上侥幸碰到的几个绿色星球，却也早已被别的星球人捷足先登了，上面住满了人。飞船上的人终于泄气了。

大家发起了牢骚："人类是怎么搞的？一个好端端的地球，不加珍惜，造成了今天这样恶劣的局面！"在船员们发牢骚的时候，飞船里的大型夸克雷达屏幕仍在工作着。突然，雷达响起了铃声，这是电脑在指示前方又发现了一个有生命的星球。

船员各就各位。屏幕显示，前方有一个体积和地球差不多的星球，星球上白云环绕山间，大海碧波拍岸，大地缀满绿色。观察仪搜集的资料表明，这星球空气中氧气的含量是25%，即使全地球的人类都搬来，也足够用的。这个星球真是太完美了！太适合地球人了！

任务完成了，宇航员们不由得一齐欢呼。狂欢之后，才想起应该马上返航回地球报告。但宇航员们都是平生第一次看到这么美丽的风景，于是在船长的带领下，他们驾驶飞船向星球靠近，想去上面玩一玩。

    这时，从旁边飞来一艘小型飞碟，挡住了他们的去路。飞碟发来了电波，转换成地球文字："这是属于奥米亚星系的爱利斯星球，参观者请按每艘飞船2千克黄金付费。"

    宇航员们都像被当头泼了一盆凉水，这只是一颗类似旅游点的星球。因为宇宙中绿色已经渐渐绝迹，所以奥米亚星系想出了这个生财之道。

    下一个，下一个绿色星球在哪里？

《少年科学》，1995年第11期，庄秀福改编

# 美容陷阱

## 王晋康

老爹的确不是凡人，白手起家，30年挣了亿万家产。他去世后，把偌大的家产留给了我这个不争气的儿子。

我幼时患过小儿麻痹症，虽做了矫正手术，但左脚多少有点跛，这是我自尊心上的一块脓疮。在今晚的舞会上，我美丽的妻子雅倩大部分时间里都撇下我，搂着一个个美男子全场飞旋。不过，这也不怪雅倩。舞会上的富姐儿们个个搂一个白马王子，而她却摊上一个相貌平平又跛脚的丈夫。回到家中，雅倩说："阿坚，我打听到一个'22世纪科学和金钱公司'，能治任何疾病，你去把左脚治好吧。"我不忍拂其好意，便答应了。

第二天，我和雅倩便去了22世纪科学和金钱公司，钱与吾先生接待了我们。他介绍：这是家高科技公司，网罗了全世界的科技精英，运用了很多属于22世纪的尖端技术，尤其是生物技术，几乎可以做任何事情。我提出要换左脚，钱先生就为我进行了设计。在电脑屏幕上显示出我裸体行走和跳舞时的姿态，接着，屏幕上的我立即换了一只左脚，又换一只……钱先生说，如果只换脚，就与腿不匹配；只换左腿，又与右腿不匹配，不如把双腿全换了，价格可以优惠。最后，我以83万元换了两条新腿。这公司的技术真是巧夺天工，我丝毫感觉不到新肢体的异常，新腿让我在舞会上出尽了风头。

后来，在钱与吾巧舌如簧的鼓动下，又经不住雅倩的死磨软缠，我先后花42万元换了双臂，花102万元换了躯干，花203万元换了头颅。

几个月后，我的大脑灰质对新脑颅产生了中毒反应。钱与吾检查后说，这与他们公司的产品无关，他建议我再把大脑换了，还说这不会影响我的思维，手术很简单，就像把旧抽屉里的东西倒到新抽屉里。到此地步，我已无可选择，就花123万元作换脑手术。手术结束后，我在思维导流过程中，发现其中掺杂了钱与吾的少量的伴生思维。我知道上了这魔鬼的当，欲上前掐他的脖子，但我的大脑指挥不了身体。

钱与吾冷笑着说："希望宋先生识相一点，按法律规定，人身上的人造器官不得超过50%，且大脑不得更换。否则此人不再具有人的法律地位。宋先生是否希望雅倩女士成为亿万家产的新主人？"我感到一种渗入骨髓的疲倦。

钱与吾又说："当然我们不会这样做，我们有职业道德的。我们会为你保密的，你每年只需支付50万元保密费。"我一言不发地离开了。我想几个月后，雅倩也会从头到脚焕然一新的。

《科幻世界》，1995年第2期，庄秀福改编

# 星期日病毒

## 王晋康

"参商"号宇宙飞船经过500年的航行，马上要到达离地球 100 光年的反E星了。飞船上只有两名乘员：科学家师儒和电脑专家海伦。

在导航信号的指引下，参商号顺利着陆。令他们奇怪的是，没有E星人来迎接他们。他们两人乘上一辆无人飞车。不久，飞车停在一大厦前，他们进入了大厦，厅内空旷，毫无动静。他们走近墙壁，钢青色的墙壁渐渐变得透明，两人看到了墙外的风景，植物郁

郁葱葱，不知名的鸟在林中喳喳穿行。海伦惊叹："多豪华的动物园！"师儒则说："也许这正是我们要拜访的主人。"

他们收回目光，在大厦内看到一排键盘，显然是电脑，还有一些头盔。师儒拿起一个戴上，只觉得光点像骤雨一样击打他的大脑皮层。啊，这头盔是一种学习机。很快，他的意识中出现了英文语句："你好，欢迎地球的文明使者。我们反E星在100年前已收到并破译了的地球发来的信息。反E星的智能生物叫利希，45亿年前孕育成功，100万年前脱离了动物范畴，同样也经历了石器、铁器和电脑时代。我们知道，地球也达到了同样的阶段。请问现在是地球的哪一年、月、日，星期几？"

"2603年7月1日，星期日晚上23点30分。"

"好。为了便于同利希交流，我要向你的大脑输入一个星期日回归程序，这在反E星是人人必备的。"师儒不知这程序是干什么的，但出于礼貌，便答应了。

师儒说："我们还不知你的模样，能否见一下面呢？""不，我是利希的机器人，叫保姆公。其实，你们已经见过我的主人了，湖边草坪上的就是利希，他们的模样跟地球上的袋鼠差不多。"

这时，一种莫名其妙的混乱漫过师儒的意识，掺杂着懒散和甜蜜的睡意。他取下头盔，向外走去，边走边脱衣服，赤身裸体走到"袋鼠"群中，同他们一起翻滚起来。

海伦吃惊地看着这一切，她不明白一向严肃的师儒为什么突然放纵了起来。忽然，她腕上的手表响了两下，正是地球时间星期一的零点。只见师儒爬了起来，茫然四顾，穿好衣服，满脸通红地回到了海伦身边。海伦明白了，所谓的星期日回归程序实际上是一种定时发作的轻度脑病毒，在休息日发作，越过零点后自动复原。

师儒又戴上头盔，问："利希人的一个星期有几个休息日？""原来是一个，后来发展到一个星期7天全是。利希主人已

经创造了万能的机器人，一切不用操心，他们可尽情享乐。"

"利希人要摆脱这种病毒很容易，是吗？"

"是的。可100年来他们一直沉迷于此，不愿清醒，我也没有一点办法。"

6天后，参商号飞船加注了燃料，准备返航。机器人保姆公破例向主人输入唤醒程序，通报了地球人到达的消息。可是，利希人不愿为这么一点小事放弃享乐。师儒和海伦就告别了保姆公，离开了反E星。

《科幻世界》，1995年第5期，庄秀福改编

# 生命之歌

## 王晋康

2253年6月9日，孔宪云在伦敦收到丈夫的急电："研究取得突破。"孔宪云的父亲孔昭仁是生物界公认的栋梁之材，从事DNA研究，可是几十年来却一事无成。宪云的丈夫朴重哲也专门从事DNA的研究，20年来也没有什么进展。想不到在宪云离家一年后，他的研究取得了突破。

接到电报后，宪云马上乘飞机回国了。回到家中，她走近实验室，透过窗子，看到丈夫正在忙碌，把小元元的胸腔打开了，在调试和输入什么。小元元是她父亲研制的学习机器人，像人类婴儿一样，头脑空白地来到了这个世界。它十分聪明，无论学数学、下棋、弹钢琴，宪云都不是它的对手，可是在5岁以后，它的智力发育却戛然而止了。

这时，小元元看到了宪云，扬扬小手，做了个鬼脸。重哲也扭过头，匆匆点头示意。忽然一声巨响，室内顿时烟雾弥漫，宪云惊

叫一声，冲进里面。重哲倒在血泊中，小元元的胸膛开了个洞。宪云母亲叫来救护车，把重哲送进了医院。

宪云的父亲闻讯，赶到了急救室。宪云对他说，重哲正在抢救，小元元伤得不重，也已通知机器人医生到家里检修。这时，一个男子过来，说他是公安局的张平，想了解事情发生的经过。宪云介绍了当时的情况。张平又问孔老先生，为什么元元的胸腔里有颗炸弹。孔老博士脸色冷淡，缓缓说："元元是主动感知世界的机器人，并能逐步建立自己的心智系统。在这个过程中，它有可能会变成一个江洋大盗。因此，我设置了一个自毁系统，万一出现这种情况，就会自动引起爆炸。"

正说着，医生来通知，患者伤势太重，抢救无效，已经死亡。一家人大哭。朴重哲的追悼会在两天后举行，孔昭仁致了悼词。修复一新的元元也参加了追悼会。追悼会结束后回到家中，元元急不可耐地吵着要弹钢琴，似乎刚才参加的追悼会激发了它音乐的冲动。它还要求宪云把它弹的曲子用1996电脑录下来，宪云顺从了它的要求，急骤的乐曲响彻大厅，元元全身心地沉浸在音乐之中。忽然一阵枪声，1996电脑被打得千疮百孔。孔昭仁提着手枪杀气腾腾地走了进来。

宪云和母亲惊呆了，孔昭仁扔下枪，走向钢琴，足足弹了两个小时。弹毕，他说："这是生命之歌，早在20世纪，音乐家就根据已知的生物基因创造了不少原始的基因音乐。我则在这浩如烟海的人类DNA结构中，提炼出了它的主旋律，也就是那道宇宙间最神秘、最强大、无处不在的咒语，即所有生物的生存欲望的遗传密码。刚才的音乐就是它的表现形式。"

他目光锐利地盯着元元："元元刚才弹的乐曲也大致相似，但它的目的是繁衍后代。如果把这首乐曲弹完，那台1996电脑就成为世界上第二个有生存欲望的机器人，如果它再并入联网，就会在顷

刻间繁衍到全世界。人类经历300万年的繁衍才占据的地球，机器人却能在几秒钟内完成这个过程，这场搏斗的力量悬殊，人类防不胜防啊！"

孔宪云豁然惊醒：这太可怕了！孔昭仁继续说："重哲确实成功了，他破译了生命之歌。其实在25年前我已取得了同样的成功。发现生命之歌后，我产生了一种不可遏制的冲动，要把这咒语输入机器人以验证它的魔力。于是，我研制出了元元，元元心智的成长完全证实了我的成功，但我陷入了深深的负罪感。因此，在元元5岁时，我把这条咒语冻结了，并加进了自毁系统。"

宪云和妈妈不约而同地问："为什么？""因为我不愿看到人类的灭亡。机器人之所以愿作人类的仆从，只是因为它们没有生存的欲望，一旦有了这种欲望，它们肯定会成为地球的统治者。到那时，人类就会沦落到可怜的从属地位，就像一群患痴呆症的老人……重哲也取得了生命之歌的密码，在他输入给元元时，引爆了自毁系统。"

这时，电话铃响了起来，宪云拿起电话，"对不起，警方窃听了你们的谈话。请转告博士，我们不会麻烦他了，并表示人类对他的感激之情。"

宪云悄悄捡起了父亲扔下的手枪：现在向元元下手还来得及……

《科幻世界》，1995年第10期，庄秀福改编

# 追　杀

## 王晋康

　　于平宁是世界国际刑警组织西安"反K星间谍局"（简称"反K局"）的一名上校。早在8年前，K星人就向地球人展开了间谍战。他们抓住地球上的人，复制了一个完全相似的生物机器人，送回地球，充当间谍。为抵御K星人的间谍活动，地球上成立了反K局。

　　于平宁在休假时，接到局里的电话，要他立即回局。他驾驶2153年产的白色风神900车回到了局里。局长室里还有053实验室安全负责人李力明上校。李力明介绍："053实验室的研究已接近胜利，昨天实验室的四名主要研究者乘一架直升机到山中做最后一次检查。他们飞到宁西公路，飞机突然从雷达上消失，14分钟后又再次出现。据此，我认为机上四人中至少有一人被K星人掉了包。近年来，K星人的复制技术有了极大提高，复制人的外貌，甚至他的内心都和原型一模一样，只是在他意识深处藏有一个程序——K星人要达到的某一目标。当达到这一目标后，就会复原变回一个真正的地球人。现在，我安排这四个人休假去。"

　　局长对于平宁说："我要你找到这四人，尽量加以甄别，然后把复制人就地处决。"于平宁领命，先后到美国、日本和中国找到这四人，由于这四人无法证明自己不是复制人，于平宁先后枪杀了他们。

　　李力明在反K局，已知于平宁已解决了三人，最后一人将在当晚被解决。他却有一种不祥的预感，K星间谍混入053实验室的阴谋破产后，K星人一定会直接向053实验下手。这种预感虽然没有证据，却越来越强烈。时钟已到11点，他终于下决心："我一定要在12点毁掉053，不能让它落在K星人手中。"

　　李力明利用自己身份的特权，骗过保卫人员，进入实验室，给室内装置输入了自毁指令。输完指令，他回到了自己的办公室。

　　于平宁在处死第四人之后，感到自己的行为不太对头：我为什么一定要杀死这四人呢？应该有其他办法加以甄别，看来自己是K星人的复制人，K星人借自己之手达到了他们的目的。还有，我是上了李力明的当，看来李力明也是个可恶的复制人。

　　于平宁驱车回到基地，进入李力明办公室。李力明在毁掉053实验室后，也已察觉到自己是K星人的复制人，对自己的行为悔恨不已。他见于平宁进来，便已明白了对方的来意，两人同时举枪，自杀身亡。

　　局长接到报告，心情十分沉重。为什么我如此轻信李力明的

话，草率地决定将四人处死呢？莫非……我也被K星人掉了包？

《科幻世界》，1995年第5期，庄秀福改编

# 告别父老

## 王晋康

　　元元是一个能动型生物机器人，25年前在老博士的手里诞生。他在博士老爸和老妈的呵护下慢慢长大，直到5岁时，他才发现自己和普通小朋友的差距。

　　"博士老爸，为什么小英子他们都能长高，只有我不会长高？"他哪里知道，博士在设计他时没有加上身体长高的功能。

　　今天是博士的八十大寿。元元用双手和脑袋顶着一个大蛋糕进了门，说："爸、妈，我今天太忙太忙，所以来晚了。"

　　爸爸得意地说："元元现在是智能生物机器人的首领，自然很忙了。"

　　元元盯着爸爸的眼睛，沉重地说："晚上12点，智能人类有一件大事。"

　　博士似乎没注意这句话的含义，随便地问："你已经有多少儿孙了？"

　　元元怜悯地看着老爸说："你创造的智能人实质上是一种脑生命，没有儿孙，是一个永生的人。我们只计算总体脑容量，他们的总体脑容量是人类总体脑容量的几亿倍。"

　　博士对自己亲手创造的生命形式已有日渐生疏之感。

　　元元把蛋糕上的80根蜡烛一一点燃，请老爸吹灭。博士说："到零点再吹吧，爸爸真不想老这一岁哩。"

　　博士的确衰老了。他没有告诉元元，他已经破译了生物生存欲

望的密码，并把它蚀刻在元元的基础逻辑线路中了。元元是他代上帝缔造的新型生命。

老妈还拉着元元的手问东问西，元元的目光却一直看着老爸和挂钟。博士看看表，11点50分，他把悲凉的心境深深藏起，平静地对老伴说："让元元走吧，12点他还有大事要干。"

元元点点头，大步走出了家门。

12点，所有灯光忽然全部熄灭，大地沉沦于无边的黑暗。元元知道这是智能人类接管地球的第一步——接管所有人控电脑。他知道，作为主人的人类不会轻易服输，很多人包括博士老爸一定会殊死抵抗。"又固执又可怜的老爸啊!"元元心里叹道。

《我们爱科学》，1995年第12期，爽爽改编

# 最后的故事

## 王忆晖

近一年来，月亮上常出现闪电般的异光，不明光点进进出出，激烈的震颤不断，各空间大国都相继派出了科学家去调查，但都是有去无回。

月明和搭档慧芝驾着月球车，左避右躲绕过一个个小坑，在乱石上颠簸着前进。他们是中国派往月球的第二批科学家。"快看! 月明。"慧芝突然叫道。月明顺着她的手指方向望去，"长城7号"四个大字映入他的眼帘。是的，没错，那正是他们的老师3个月前来月球乘的宇宙飞船。前不久，老师是在"危海"地区与地球失去联系的。

月球车小心翼翼驶近"长城7号"，月明轻轻打开了舱门，舱里的物品一丝不乱。他进入驾驶船便看到老师静静地倚靠在驾驶座椅

上。"老师!"泪水顺脸颊滚下。"月明,人死不能复生,振作点儿。"慧芝劝他。

现在,月明要去攀登那座4000多米的险峰。太阳把岩石晒得滚烫。他爬上山顶,看见不远处耸立着一排排犬牙交错的险峭石林。他向石林爬去,刚到半途,突然发现有3个人出现在他面前,他们身着闪光的银色连衫裤,面目和地球人毫无区别,不过表情冷淡。其中一个有些苍老的人走到月明面前,但地上却没留下任何脚印。

"年轻人,快回地球去吧!我们要走了。"月明心中突然感应到了,他知道,那个外星人在同他心灵对话。

"你们要走了,为什么我非得回去不可呢?"月明毫不畏惧地在心中说。

"回去吧,年轻人。月球已经被我们改造成星际飞船,将载着我们回故乡。"

"为什么要抢走我们的月球?"他感到愤怒。

"谁说月球是人类的?按你们的法则,谁先占有谁就拥有!我们已在月球辛勤工作了3000年了!何况,人类的智慧有很大一部分是我们赋予的。"外星人针锋相对。

"这一年来月球的异常情况是你们造成的?"

"是的,我们要走了,当然先得试机和迁走所有的人——月球上有我们许多秘密基地。回去吧,年轻人,只有家才是真正的最后归宿!"

外星人把月明送到慧芝跟前,立即消失了。慧芝正流着泪,以为他遇难了。"我们回家吧!"月明疲倦地说。

3天之后,当他们飞临地球时,透过舷窗,突然发现月亮一阵震颤,随后渐渐缩小变暗,变成一颗星星,最后消失了。

《科幻世界》,1995年第9期,庄秀福改编

# 蓝 飘 带

### 魏 巍

那天，我多喝了几杯，看见屋子里的东西都旋转起来，唯一清晰的是一条蓝色的飘带，长长的飘带在我眼前飘来荡去……

我和雨裳认识是20年前的事。那时我才19岁，她是个漂亮的女孩，脖子上总是系着一条三指宽的蓝丝带。我们经常到动植物园去玩，雨裳喜欢那里，因为她是那么热爱生命。

可是后来，雨裳病了，病得十分严重。在朋友们的帮助下，我把她送进了医院。第二天，主治医生气冲冲把病历摔到我面前："你这是什么意思？一个'合成人'生了病，不送到生命科学院去，却送到了这里，害得我们从昨晚忙到现在！"

"她是……'合成人'？"我迷迷糊糊地走出医生办公室，来到病房，坐在雨裳床边："你是'合成人'？"雨裳点点头。

雨裳被送进了生命科学院。负责检查的李教授对我说："我必须告诉你，雨裳的机体已经老化了，并且她脑中的晶体芯片也不能再用了。"我问："这就是说，她没救了，是吗？"

"是的。如果我们把所有的部件换成新的——包括晶体芯片，那她就不是雨裳了，她的芯片里也不会再有你的任何信息。"

我走进病房，雨裳望着我："我病得厉害吗？"我安慰她："一点小毛病，不严重。"她的目光几乎穿透了我："我感到自己很不好……你想知道我这蓝飘带的事吗？"我点了点头。

她闭上双眼："从我出世那天，这条蓝飘带就一直系在我的脖子上。我知道我的生命已经走到了尽头，现在你把它拉开吧。"我站了起来，缓缓伸手牵住带子一拉，她的头发散开了开来，呀！我发现，她的头从脖子上掉了下来！我有点眩晕了……

"你不要伤心了。"李教授抚着我的背，"她的合成材料真是老得不能再老了，而且头和脖子也没有连接好，这么多年都是用这样一条丝带维持着她正常的运转，这真是天大的奇迹。"

唉，20年了，我仍不能原谅自己。如果我不抽动那条蓝丝带，那么凭现在的技术，很容易给她换一个新的机体。我的忏悔真是太多太多了……

《科幻世界》，1995年第11期，庄秀福改编

# 沧 桑

**吴 岩**

林清爽在10岁时随父母来到火星，不幸，在一次事故中父母双亡了。舅舅带着他的女儿米露露和另一个叫洛桑巴拉的男孩来接林清爽。洛桑巴拉是火星最早的移民的后代。露露和清爽同岁，她说："我们的水晶谷比这儿好玩，我们可以一起念书，还有很多朋友。在水晶谷外，有一片神秘的火箭林，那是1000多年前，人类的祖先从地球上发射了许多火箭到火星，散布在火星各地，后来被人收集在一起，成了火箭林。"

林清爽随他们到了水晶谷，三个孩子在一起上学，一起游玩，亲密无间。日月如梭，三个孩子长成了青年，两个姑娘都爱上了洛桑巴拉，最终，洛桑巴拉和林清爽结了婚。

他们结婚后，告别了露露的父母，乘上火星1号环球列车，用了将近35小时到了新的住址——南极圈内澳大利亚谷。洛桑巴拉放弃了自己钟爱的艺术工作，在南极的火星生命考察站当了一名探测员，但在工作上毫无建树。

林清爽自视清高，想当作家，但根本没写出什么东西来。洛桑巴拉的工作不顺利，她不会安慰他，又不会做家务，两人的关系渐渐地出现裂隙。有一次，她无意中发现，洛桑巴拉通过他们的家用电脑网络，一直在与露露通信。清爽非常生气，和他大吵了起来。此后，两人的关系一直很僵。

一日，洛桑巴拉从工地回来，随意打开电脑，一串加急电讯出现在屏幕上：米露露小姐乘坐的地球航班中途失事，1500名乘员全部遇难。他急着要把这噩耗告诉清爽，但她的房门紧闭着，怎么也叫不开。最后，洛桑巴拉破门而入，却看见清爽倒在地上。他急忙把清爽送入医院。原来，她是服了一种叫红魔菌的毒药。经抢救，清爽的命保住了，但严重地损害了健康。她想念地球，但由于健康原因，无法返回故乡。

5个火星年后的一个清晨，洛桑巴拉对清爽说："我带你去看我给你的礼物。"他们乘上火星车，翻过一道山梁，看见原本是一片沙石的化石海岸边，成群的建筑雕塑耸立在那儿，长城、金字塔、自由女神、埃菲尔铁塔……把原来荒凉的海岸变得光怪陆离、异彩纷呈。

洛桑巴拉取出一杆大口径的火枪，让清爽开一枪。清爽使劲扳动扳机，轰的一声，一个火球在滚动，不一会儿，地球的七大洲和四大洋逼真地呈现在他们面前。洛桑巴拉说："这群用天然气做成的活动的雕塑，将是我俩生活中的太阳。"他看到，在清爽因患疾病而失去了活力的眼睛中又恢复了激情。

《科幻世界》，1995年第8期，庄秀福改编

# 时空大走私

### 肖　鹏

由于管理不当，我厂的经济效益每况愈下，渐渐地连工资也发不出了。到后来，厂里把香烟、肥皂等一些卖不出去的产品折成工资发给了我们。

我忽然想到了一个绝妙的赚钱方法：从"过去"买些香烟到"现在"来卖，一包大中华香烟就能赚20多元。要是真能成功，我岂不发了？问题的关键是能否从"现在"回到"过去"，把烟从"过去"带到"现在"，质量会不会发生问题。

于是，我爬上阁楼，找出了那件和我的神秘祖辈有着密切联系的东西。这东西像是一把椅子，但要矮得多、宽得多，上面刻着奇怪的图案和文字。

我带着1965年版的四张"大团结"钞票，扛着那把椅子，来到公园的一个僻静处，然后躺在椅子上。一会儿，我感到浑身舒坦，疲倦荡然无存，我静下心来，闭眼想起1968年的那一时刻。念头刚过，一道强烈的白光将我摄住，当我意识恢复过来时，发现周围的景象发生了很大的变化，参天大树变成了树苗……

我走出公园，向一家国营商店走去。烟柜的售货员穿着一身黄军装，我用22元从她那里买了一条大中华香烟。

以后的事情发展还是较顺利的。香烟从"过去"带回"现在"，质量并没变坏。我来回走了几次，就发了财。为了不引起人们对我的注意，我从不在同一家商店买烟，也从不在同一个年份买烟。

但麻烦还是来了。事情发生在1971年8月17日，这是我出生的日子。等我买好香烟，发现众人的目光有些异样。我这才注意到自己穿的"名牌"服装上竟满是英文字母，装香烟的蛇皮袋上也全是洋文。由于我的疏忽，把这些容易引人注意的细节给忘了。

我慌忙向公园急奔，这更引起了路人的注意，立刻有几个戴袖章的人围了上来。"你从哪里来？""你这套衣服是从哪里来的？""你买这么多烟干什么？"

我无法回答。如果照实说，他们肯定会把我送到精神病院；如果撒谎，只会更糟，因为有许多地方我不能自圆其说。我现在只希望广大读者看到这篇文章后，把我从这尴尬的处境中拯救出来。

《科幻世界》，1995年第5期，庄秀福改编

# 异 境

## 晓 雪 桂 银

　　闵慧有一个姐姐和三个妹妹，但父母却不喜欢她。今天，家里只剩下闵慧和爸爸。太阳已跃出山顶，一辆小汽车开到她家门口，下来两个结实的男子，爸爸从他们手中接过一叠不太厚的钞票，就让闵慧跟两个男子走——她被卖了。

　　小车在山路上行驶，天上没有云，没有风，只有一个光点。光点慢慢膨胀，最后变成硕大的碟形光团，笼罩了小车。命运就在这一刻发生了逆转……闵慧眼前的景象全部消失，躯体重量也随之失去，轻飘飘的，5秒钟后她失去了知觉。

　　闵慧慢慢醒来，当她明白自己被飞碟劫持时，忘掉了害怕，问道："你们想干什么？"话刚出口，她耳边响起了一种声音："你被贩卖了，我们对你的处境表示同情。我们将把你输入到另一个时空，在那里，有一个富小姐死去了，将由你代替她的位置。"

　　闵慧感到头有点痛："那现在就送我到那儿去吗？"一个声音又在耳边响起："是的。你将有亿万家财，建立一个闵慧基金会，以救助失学儿童。"

　　一瞬间，如电光闪过，闵慧又失去了知觉。

　　闵慧发现自己躺在草丛中，她翻身起来，向家走去，破陋的小屋不见了，代之而起的是一幢别墅。离家才半天，就发生这么大的变化？她走进别墅，见到一对貌似自己父母的中年夫妇，那男子见了闵慧，一把抱住她："慧儿，真是你吗？你回来了！"那妇女紧紧握住闵慧的手："慧儿，两周前你从国外旅行回来，所乘的飞机失事坠毁。新闻上说乘客全部遇难，你是怎么回来的？"

　　闵慧摇摇头："我没乘过飞机……我什么都不知道。"

　　过了几天，《环球新闻》报道：一少女离奇失踪了7年，今朝返

回人间。该少女对自己失踪经历印象空白。另据本社记者深入调查，发现少女失踪时曾有飞碟出现，怀疑该少女是被飞碟劫掠而去，放回时失去了记忆。

《科幻世界》，1995年第12期，庄秀福改编

# 同是天涯沦落人

## 星　河

我把金属棒握在手中，躲在门后，如果他进来，就给他一棒。一种类似人类的冷笑声从门外传来。看来，他已发现了我的举动。"你们也习惯于用金属做武器吗？"一个生物进来，他的嗓音嘶哑，有一身粗陋的绿皮。他手里拿着一个小黑匣子，这是一台万能翻译机。他和我交谈了起来，谈了一会，我们几乎同时叫了起来："闹了半天，你也不是这里的主人！"

我们都不是这飞碟的主人，都是被这艘飞碟的主人捉来的。那么，我们的目标也是一致的，那就是——逃走。

为了更好地了解这虎穴的结构，我和绿皮搜索了这飞碟，在控制室里看到一块水晶，它体内放射出的彩色的光芒给我们一种它是活物的感觉，它转身的动作就更证明了这一点。水晶以身上发出的紫光在舱壁上用我的母语打出一句话："你们之中哪一位是这里的主人？"啊，水晶也是一个俘虏。

有趣的是，我们三个来自不同星球的生物各有特点：绿皮只能发声不会写字，水晶只会写字却不发声，而我则能写会说。现在，我们三个人要寻找出路了。飞碟并不大，但布局怪异，找不出一点头绪来。后来，通过翻阅航行日志，我推断出飞碟的主人已经死了，他们同意我的分析。现在唯一的办法是组织自救，必须先调试

电脑程序，使航向符合我们的需要。

我们发现，飞碟电脑的输出部分是文字系统，而输入部分是声控系统。水晶精通电脑，却是哑巴；绿皮长于翻译，但对电脑语言却一窍不通；我也是外行。怎么办呢？我们终于想出了办法：首先由水晶提出与电脑对话的思路，并把这些想法写出来；然后，由我念给绿皮听；最后，由绿皮翻译并转达到电脑。经过一番努力，我们调试好了电脑的程序。

三人的路程有远有近，我们商定，先送最近的回家。漫长的旅途开始了，水晶先到家。他高兴地下了飞碟，与我们依依惜别。只剩下我和绿皮了。本就苍老的绿皮日渐衰老，他躺在我的怀里，颜色慢慢变得灰暗。最后，他死了。

漫长的旅途在继续着。我感到四周空空荡荡的，百无聊赖。渐渐地，我似乎开始理解飞碟的主人怎么会莫名其妙地突然死去……

《科幻世界》，1995年第4期，庄秀福改编

# 噩　梦

## 严　蓬

陈想龙飞凤舞地写完最后一个字，把笔一扔，就急急忙忙地把一台新型号游戏机搬上了台，接通电源，将银白色的头盔往头上一套，"嘀"的一声，一盏小绿灯闪亮，陈想的思维立刻进入了游戏机。

在遥远的希波星球上，远征军总司令卡斯克将军计划的地球光子模拟演习就要开始了。他对参谋说："模拟演习主要是了解地球人的思维模式，如想象力、互助精神、对外界刺激的反应，等等……半年后，我们将攻占地球。"

地球与希波星之间爆发了一场宇宙大战。第五战区司令率领太空舰队，前往SR709天区，拦截敌人的入侵舰队。头盔屏左上角的显示格内，胡特将军向已经穿上上校军服的陈想介绍与他共同作战的搭档：卡因星老科学家宁斯、宇航大学动力系的学生徐胡鹏和勃本星作战专家、上校参谋本尔则。

陈想立即启动了发动机，还始终让扫描器处于全方位搜索状态。突然，耳机里传出"嗡……"的蜂鸣声，他立刻向将军报告："发现敌舰队，方位W54–L779–H08。我建议立即摆开战斗队形，投入进攻。"胡特不同意，陈想不听，还是瞄准一个大家伙冲了过去。一阵激光过后，敌舰上火花四溅，集能板也被击成了碎片。忽然，他头上飞来六七艘小飞船，陈想立刻射出无数小圆球，小圆球变成了一片片红云，小飞船碰到红云，全炸毁了。

敌舰队包围了陈想。胡特将军尽管对陈想不服从命令的行为很生气，但也还是提出用二、三、四舰队去把敌人吸引过来。

敌人却不理会，继续攻打陈想。突然，只见陈想的舰队飞进了小行星带，希波星的舰队一下子乱了套，各舰成了没头的苍蝇似的乱撞。

陈想正得意于自己导演的战术——用引力牵动小行星去打击敌人。他派出机器人在小行星上安装发动机、吸附机、炸药和导航仪，让它们吸附在敌人的飞船上并炸掉它。之后，他打开显示仪，对胡特将军说："应该全面进攻，这样就能打败他们了。"

胡特将军不高兴地哼了声："年轻人，别以为得了个便宜就算会打仗了。我以总司令的名义命令舰队截住最后的敌舰，消灭他们后就地休整。另外，陈想上校，我警告你不要违抗命令。"

希波星的卡斯克将军盯着屏幕上陈想的飞船叫嚷着："这小子有想象力，但也别高兴得太早。"他立即传令，实施"战神计划"。

舰队正在休整时，陈想发现舰队前后出现了大团淡淡的云雾状东西，正感到疑惑不解时，敌人包围了几个舰队，各舰队都陷入了苦战。陈想连想都没想就立即投入了进攻。他冲过去救出了老科学家，又去救作战专家，然后与四、一舰队合起来。战场的主动权又回到了他们这边，敌舰像潮水般溃退下去。

忽然，敌舰队中杀出几艘大舰，动用了反物质炮，首先击中了老科学家。

"使用物质分解波。陈想上校，从侧面插过去，消灭敌主力舰！"胡特发布命令。

作战专家自愿和陈想配合作战，敌我双方展开了一场肉搏混战。一艘敌主力舰脱离了战场，陈想紧跟猛追，发射激光，一连两次都没击中。敌舰突然隐去，陈想的飞船一下冲进"黑洞"边缘，危急间，作战专家以更快的速度冲上来，撞开了陈想的飞船，他才幸免于难。

陈想正想回身大战一场，耳机里传出声音："地球人，放下武器，否则我们就杀掉被我们俘获的人。"陈想一看，几个外星人站在大学生的船舱里。突然，大学生挣开了外星人，冲到控制台前，大喊一声："将军、陈想，一定要战斗到底！"说完，他按了一下红色按钮，太空里又爆发出一片闪光，大学生和他周围的敌人、飞船，全都消失了。

经过最后的较量，太空中到处飘着飞船残骸，陈想的战舰也伤痕累累。突然，他发现一艘敌舰正拖着残损的舰体向己方的一艘飞船靠过来，陈想看着像是胡特将军的飞船，赶忙调转战舰，预备给这最后的敌人以狠狠的一击……

卡斯克将军精心训练的军队和制订的计划全部失败了，他气愤地将一件东西向显示墙扔去。陈想先看到了两束银光，接着是爆炸声，又觉得脑袋"嗡"的一声，一阵晕眩，眼前强烈的银光刺痛，

使他失去了知觉。

陈想睁开了眼睛，自己已经睡在医院里了。

妈妈说他的病是游戏机害的，医生说是电脑超载对人产生了刺激。医生还说，有5个人都得了同样的病。一个老科学家，一个大学生，还有两个是部队的。医生正在研究导致该病的原因是什么。

陈想眼珠一转，"别是外星人干的吧？也许是他们正在对我们进行的一次战斗演习呢！"

《黑色的幻想》，安徽教育出版社，

1995年1月，周肖改编

# 被盗的大脑

### 杨 华

我的四肢被缚住，行刑官喊了一声"开始行刑"，极冷气降了下来，我失去了知觉……

不知过了多少时间，我有了知觉，听到一个声音："你好，惠特曼先生，我是布迪博士。你已被处死了，但现在，从某种意义上说你又活了。不过，你现在什么都没有，我们所救活的只是你的大脑。我们用传感器接收信号，再由计算机转化为脑电波，直接输送到你的大脑。你想到的所有东西都会在屏幕上显示出图像，或者从扬声器里传出声音。我知道你是因为核技术而被处决的，但我相信你是无辜的。尽管人类在100年前销毁了全部核武器和核资料，但人类不能越过核技术。比如，人类进入航天时代已100多年了，却始终飞不出太阳系，就是因为速度太慢。如果能应用正反粒子的话，甚至能突破五维空间的限制，实现远距离传真，从银河系的一端飞到另一端也只要几秒钟。"

　　我冷冷地说："这就是你们救我的原因？""不错。如果你愿意的话，研究完成之后，我们可以为你复制一个原来的身体。"我想了一下，便同意了与他们合作。

　　夜深了，整个能源所只剩下两个人：门卫和看护我的一个研究生，研究生伏在桌子上睡着了。我想起了加德纳这个恶棍。人类已经销毁了一切核武器，并抛弃了这种先进的技术。但是，近几年人们又开始谈论它，加德纳来找我，由他出资，让我帮助开发核能源，我同意了。后来，我发现他是在造核武器，和他大吵起来。不久警方追捕，加德纳逃跑了，而我却被捕又被处决……

　　突然，一群歹徒冲了进来，打断了我的回忆。研究生被他们打昏了。我眼前一黑，知道是他们切断了电源。当光线再次刺激我时，我知道自己被人从研究所盗了出来。一个人走到我跟前，我认出来了，正是加德纳这个魔鬼。加德纳要我为他制造原子弹，我坚决拒绝，加德纳狞笑着说："这由不得你了。"

　　我担心的事终于发生了。加德纳没有通过我的传感器，而是直接把问题输入了计算机。由于计算机和大脑紧紧相连，我被迫对各种问题作出反应。我拼命阻止自己去回答加德纳的问题，但却办不到。一天，加德纳对我说："在你的帮助下，我们已造出了一批原子弹，我的最后一个问题是，临界体积是多少？"

　　临界体积！对，就是它，这是我取胜的唯一机会了。我在计算临界体积时，在多处放大了数据。由于我做得非常谨慎，没有被加德纳发现。他把临界体积的数据拿去传输……

　　第二天，加德纳跑来，气急败坏地骂道："你这杂种，你炸毁了我的工厂！你毁了我的一切！"我笑道："你现在领教原子弹的威力了！味道怎么样？你彻底完蛋了！"

《科幻世界》，1995年第10期，庄秀福改编

# 蜘蛛星噩梦

## ——太空三十六计之五

**杨 鹏**

玩具商阿文来到了蜘蛛星海关前。蜘蛛星是水晶星系的第10颗行星，海关刚刚收到水晶主星的电报，说可能有黑天星的可疑人物潜入蜘蛛星，要加强盘查。

警察让阿文打开手提箱，阿文便把箱子打开了。在场的人看到，箱子里的一只塑料蜘蛛活了，它舒展八条脚爪爬来爬去，瞅准一只玩具小丑，一口咬掉了小丑的半个脑袋，然后吃了起来。警察见箱中没有等违禁品，就放阿文入关了。

阿文住进一家宾馆，打开箱子，想整理一下被警察翻乱的东西。但他立刻愣住了，天哪，箱子里怎么会全是玩具蜘蛛！

水晶共和国司令冲天士接到来自蜘蛛星的报告，说80%的蜘蛛星城市正面临着被毁灭的厄运。冲天士急驾飞船，抵达蜘蛛星的首府A市。A市市长陪同冲天士观看蜘蛛星灾难的实况录像：

一架民航机突然失控，从天空中栽下……

人们突然从一座繁华的商贸大楼中涌出，几分钟内大楼变成了光秃秃的石头和钢筋，轰然倒塌……

街上的汽车，原野上的火车，海洋上的轮船，或待在原地，或沉入了海底……

接着，画面上出现了无数的塑料蜘蛛，它们不吃人，也不吃树木，专吃塑料。在塑料的滋养下，它们以几何级数增加，不到一星期，A市的蜘蛛就多达几百亿只。塑料是工业发达的社会不可缺少的原料，几乎所有领域都离不开它。由于蜘蛛的捣乱，致使整个城市瘫痪了。

　　"好毒的一招！"冲天士看完录像，在心里对黑天帝国司令猛天士暗暗叹服。

　　商人阿文混在难民中，等待救援。蜘蛛统治了这个星球，人们开始一批批被运往其他星球。是谁把这害人的蜘蛛带到蜘蛛星的呢？阿文想起了他来蜘蛛星前在仙女星上的那个浪漫之夜。对，和他缠绵的那女人一定是个间谍，趁他睡着之机，把一只酿成这场灾

难的塑料蜘蛛放进了他的箱子里。应该想法消灭这些可恶的蜘蛛。最终，阿文想到了一条妙计。

阿文赶到蜘蛛星总指挥室，陈述了他的"以逸待劳"之计。冲天士听后频频点头，当即下令，要求全星球军民停止扑杀蜘蛛，并要以最快速度找到最后一件塑料制品喂养它们。

蜘蛛星上的塑料被吃光了，到处一片狼藉。塑料转化成的蜘蛛数量惊人，体型巨大。有人将一块准备好的塑料扔到马路上，一群蜘蛛一哄而上，吃完了塑料之后，开始了自相残杀。

蜘蛛星的科学家经过半个月奋战，发明了一种使蜘蛛不再繁殖的"灭蛛灵"，把它洒在死去的蜘蛛身上，使凶残的蜘蛛在互相残杀中数量越减越小，最后全部死绝了。

在恐惧中度过半年之久的蜘蛛星人终于从噩梦中解脱了出来。他们将那些塑料从巨大的蜘蛛身上卸下，重建了家园。

《少年科学》，1995年第1期，庄秀福改编

# 帝国的阴谋

## ——太空三十六计之六

### 杨 鹏

海神星是水晶星系的第12颗行星。长着鱼翅、外形像鱼、披着鱼鳞的水族人在这里生长、繁衍，建立了高度发达的海底文明。

这天夜里，他们的天文学家发现一颗火流星向海神星飞来，撞到了一个小岛上。水族人用尾巴扑打海水，蹦到了岛上。他们惊呆了，一个美丽的女孩儿出现在大家面前，她说她是凌波星的龙吉公主。很快地，水族王子和龙吉公主相恋了。"龙吉公主，您愿意嫁

给我吗？"年轻的水族王子沉浸在爱情的幸福之中。龙吉公主不胜娇羞地点了点头。水族人看见自己的王子恋爱了，个个都兴高采烈。这是一个纯朴的民族，他们为人直率，不会耍阴谋诡计。

　　战争向纵深发展，黑天帝国四面出击。凌波星系由于间谍的渗入，早已处于下风。维护正义的只有水晶星系，但近来他们连遭惨败：有4个星球沦陷；派出太空舰队突袭黑天帝国，却被敌人全歼；水晶星主乘飞船视察前方，中途遭到袭击，几乎丧命。以上行动都是绝密的，但黑天帝国似乎了如指掌。"是谁泄露了情报？"冲天士陷入了沉思。

　　正在这时，海神星来电，请水晶星主、冲天士等参加水族王子的婚礼。"胡闹，战局这么紧张，还办什么婚礼？"星主气愤地说。冲天士细看电报，发觉新娘是龙吉公主，感到这里面一定有名堂，就制订了一个行动计划。

　　海神星上，王子的婚礼举办得盛大而隆重，水晶星主、冲天士等显贵都来祝贺。新郎新娘挽手徐徐出来，婚礼开始了。突然，人群里冲出一帮持枪者，对准星主、冲天士等人扫射，星主中弹倒下，冲天士举枪还击。

　　水族王子一时不知所措。龙吉公主突然从手里握着的花束上抖出一把碎冰，往空中一撒，流动的水刹那间凝固、冻结，并向四面八方蔓延。顿时，海神星由昔日的海洋变成大冰球。

　　这时，天上降下一艘飞船，飞船上走下来的竟是水晶星主等人。水族王子大吃一惊："刚才星主不是中弹了吗？"冲天士大声说："我们料到这场婚礼中蕴藏着阴谋，所以派了几个酷似真人的仿真机器人来参加婚礼。王子，你是中了人家的'美人计'，这龙吉公主是假的。近来，我军屡战屡败，就是因为她从你这儿获得了我方的最高军事机密。这次，她又企图将我方最高领导人置于死地，幸好我们早有防备……"

水族王子听了，茅塞顿开，悔恨交加，用枪对准了龙吉公主。龙吉公主却突然在地上打起滚儿来，身子一挺，侧倒在一边，死了。接着身体快速融化，只剩下发着恶臭的婚礼服。

《少年科学》，1995年第2期，庄秀福改编

# 极限地带

## ——太空三十六计之七

### 杨 鹏

随着一声巨大的爆炸，凌波星系最内核的一个星球被毁灭了。凌波星主成了没有人民的孤家星主，威天士成了没有士兵的光杆司令，他们只得投奔水晶星系。

在水晶宫（水晶共和国政府所在地），水晶星主、凌波星主、冲天士和威天士四人相聚，谈起了战局，感慨万分。这时，四人的脑中同时响起了"嗡嗡"声。"爸爸，三位叔叔，你们听见了我用脑电波同你们说话吗？"四人同时喊道："龙吉公主！"

水晶星主的女儿龙吉公主具有特异功能，她可以利用思维脑电波进行传感，和人通信。"我现处于冬眠状态。我通过思维进行探测，发现黑天帝国的人把我送到了'极限地带'，并发现这儿有一个相当大的核武器库。"

威天士说："这武器库是一个巨大的威胁，必须毁掉它。"考虑到极限地带必定戒备森严，他们采纳了冲天士提出的"明修栈道，暗度陈仓"之计。由冲天士率领一支部队正面向黑天帝国进攻，作为掩护；由威天士率领一支特遣队偷偷潜入"极限地带"，摧毁核武器库。

冲天士的部队攻击开始了，黑天帝国果然中计，集中大量兵力进行防守。与此同时，威天士率特遣队悄悄出发，飞船在途中几次遇到危险，均一一化险为夷，很快到达了极限地带。

在入口处，有四名帝国士兵把守。"口令？"为首的士兵盘问。威天士不知口令，无以答对。正当他为难之际，脑中响起了龙吉公主的声音，在她的帮助下，威天士答出口令，顺利过关。特遣队继续前进，被帝国巡逻队发现了。双方激战，巡逻队被消灭，一名特遣队员牺牲了。威天士终于找到了核武器库，迅速在各个角落安放定时质子炸弹。一切办妥，威天士下令后撤，发现队员中少了水族王子。

原来水族王子在激战中掉了队，误入一个大厅。这大厅是黑天女王的人体标本室，有数以千计的冰棺，里面放着被他们冬眠的人。突然，水族王子看见了龙吉公主——他心中的情人——躺在一具冰棺中，便扑了过去，不料却掉进了一个陷阱。

威天士率领剩下的特遣队员杀开一条血路，钻进了停在外面的飞船。这时，龙吉公主用脑电波告诉他："水族王子被捕了。帝国司令猛天士马上要回来了，你们快走吧！"

威天士强忍悲痛，指挥飞船起飞。"轰——"一声巨响，质子炸弹爆炸，使核武器库飞上了天。

《少年科学》，1995年第3期，庄秀福改编

# 宇宙终结者

## ——太空三十六计之八

**杨　鹏**

　　黑天帝国派出1300架战斗机对一个叫"云城"的星体发动了袭击，占领云城之后，将它改造成为一个具有摧毁力量的、军事进攻武器的大型基地，并改名为"宇宙终结者"。战局对黑天帝国较为有利，而水晶星系略呈劣势。

　　宇宙终结者的攻击力十分可怕，它轻而易举地毁掉了"猛马星"——水晶星系边缘的一颗小星球；它使水晶共和国的主力舰队严重受挫。一定要设法除去宇宙终结者，冲天士不愧是一位有眼光的战争决策者，他想出了一条"打草惊蛇"之计。

　　一天，黑天帝国司令猛天士得到报告："有一群敌机向宇宙终结者飞来。"猛天士下令全线开火。宇宙终结者射出无数道耀眼的激光，水晶共和国的战斗机既不还击，也不躲避，一股劲儿地向前冲。冲在最前面的战斗机与宇宙终结者相撞后，像影子一样消失了。

　　"停止射击！我们上当啦！"猛天士明白了，那些机群不是真的战斗机，而是水晶星人制造的一些太空幻影。

　　冲天士的"打草惊蛇"之计一举获得成功！他摸清了宇宙终结者的激光束火力点共有108处，并且确定了它们的位置。冲天士成立了一支"太空敢死队"，由108名勇士组成，每人携带一颗质子鱼雷，驾驶一艘微型歼星舰，负责拔掉敌人的一个火力点。

　　在一个星光灿烂的夜晚，太空敢死队秘密出发了。他们以闪电般的速度用质子鱼雷摧毁了宇宙终结者的所有火力点，使它变成了一个庞大的废物。但是，百足之虫死而不僵，它要进行最后的顽抗。

接着，冲天士率领一支最精锐的突击队出发，他们要进行"瓮中捉鳖"。突击队攻破了宇宙终结者的防线，两军士兵开始了近距离的枪战和肉搏战。

云城的两个幸存者星浪和机器人阿克古，为了报家破人亡之仇，与吃过黑天女王苦头的太空猎手乔巴卡联合了起来。他们仗着对地形的熟悉，很快潜进了云城(即"宇宙终结者")的内核，准备破坏它的计算机终端，并打算以此作为投奔水晶星的见面礼。但是，他们遇到了金属人的狙击，双方展开了激战。

《少年科学》，1995年第4期，庄秀福改编

# 隐身兵团

## ——太空三十六计之九

### 杨 鹏

在宇宙终结者的一条金属走廊上，猛天士和冲天士相遇，两人拼死相搏。猛天士使了一个诡计，杀死了冲天士。这时，水晶共和国勇士们的喊杀声由远及近。猛天士知道无力回天，慌忙率人撤走了。

水晶共和国毁掉了强大的宇宙终结者，却失去了他们的统帅冲天士将军。凌波星主握着水晶星主的手，哽咽了半天，不能言语。

突然，凌波星主的大脑"嗡嗡"作响，接着，听见了龙吉公主用脑电波发来的信息："黑天帝国的隐身兵团已经出动，务必加强防范。"隐身兵团，这又是一支什么样的神秘部队呢？

现由威天士代替冲天士指挥军队，他命令全军加强防卫。然

而，不管水晶共和国怎样细心防守，黑天帝国的隐身兵团仍频频得手。水晶共和国中怪事连连发生：杰克中将在家中被隐身人绑架；水晶主星的核电站被隐身人炸毁；一名叫梁三的老汉，积蓄的10万太空金币不翼而飞……

在一次军事会议上，威天士沉思良久，说："事到如今，我们只有采取'关门捉贼'的战术了。我们的科学家已经破获了隐身衣的秘密——隐身衣里有一个磁场发生器，可以产生强大的磁场，改变射向隐身衣光线的方向，使别人看不见他。要使这些隐身人显形，只有制造出一个比它更大更强的干扰磁场，使它失效，便能让人显出原形。"

猛天士得到隐藏在水晶星的间谍发来的情报：水晶共和国在营造一艘巨型宇宙战舰，对帝国威胁极大。猛天士整整一夜没睡，最后决定，让隐身兵团全体出动，彻底摧毁水晶共和国的神秘战舰。

神秘战舰的制造厂位于水晶主星的北极地带，防守严密。一天，在无声无息中，两名守门的卫兵莫名其妙地死了。接着，工厂的防卫系统被破坏。又过了一会儿，枪声大作，工人们被子弹击中。厂房被隐身兵团完全掌握。

正当隐身兵团团长洋洋得意之际，所有的红灯亮了，警铃大作，无比巨大的"嗡嗡"声开始轰鸣起来。隐身士兵被弄得不知所措，他们不知道，他们走进了圈套，那些被他们杀死的人，其实只是一些仿生机器人。现在，厂门关上了，退路被切掉了，而一个无比强大的磁场，在他们周围运转了起来，使他们原形毕露。

威天士无比威严的声音响起："你们被包围了，马上放下武器！"就这样，隐形兵团被彻底消灭了！

《少年科学》，1995年第5期，庄秀福改编